未讀 | 文艺家

未读之书，未经之旅

师傅

走吗？

王硕 著

帆仔 绘

北京联合出版公司

目 录

自序：麻烦叫我王师傅

一切可能还是要从"坏蛋调频"说起。那是 2011 年的时候，这个时间对王硕来说可能是一个节点，因为在此之前的十年，他一直都在写乐评，或者说做一些跟音乐有关的事情。但是，人这东西总是会有"觉今是而昨非"的那么一个瞬间。这个瞬间对许多人来讲，叫作"闪念"，一下子就过去了，再想起来的时候不知是猴年马月，但估计是遇到挫折的时候。这就解释了为什么有人会选择跳楼，而且在楼顶上站着的时候，"闪念"还在继续，终于"闪念"变成了"观念"，这个"观念"随着你纵身一跃，就永远不会改变。

当时他就在跳楼和做一个电台之间徘徊。徘徊了很久，他终于发现自己还是缺乏勇气，于是选择了后者。

其实对于坏蛋调频来讲，他的概念很简单，一方面是对音乐多少还有一些诉求，但是不想再写乐评。当时他给许多报纸杂志写乐评，有些专辑是他从来不会听的，但是也要写，虽然他不嫌弃那些音乐，甚至他一直觉得，如果把那些不喜欢的音乐写得活色生香，反倒是一种本事。但他终于还是受不了一件事，就是在这张专辑发行之前，编辑就找他要稿子，他问编辑，专辑还没听到怎么写，对方说你就根据已有的唱片文案预测一下就行。所以他干了好几年的预测工作，在这些预测发表之后，他必须得把预测的专辑重新听一遍，来检验一下自己的预测正确与否。

多年以后，王硕读到了福柯的书，看到他对评论这件事的评价："文艺评论的意义是在别人作品的基础上发挥你自己的文采。"至此他才明白，原来评论的内容不重要，重要的是你写得怎么样。所以他总是想问问那几任编辑，是不是都读到过福柯的那段话。

　　看到这里，你可能觉得那是几个不负责任的编辑。其实恰恰相反，现在王硕觉得这样的编辑十分负责，因为他们考虑到了一个时效性的问题，"为了让那些需要出版印刷周期的东西结合时效性，没办法，只能以此为之。当读者拿到报纸杂志的时候，尽量是专辑出版的当天，因为读者不会去想这个内容是如何生产出来的"。

　　所以那时候，王硕就在反思传统出版业的出版流程，尤其是与时效性息息相关的那些出版。想了半天，没有结论，就像是一道无解的数学开方题。就像当时他所在的《周末画报》，通常是前一个礼拜的礼拜四截稿，完成所有的排版，下一个礼拜四才能在报摊上见到。"当然，这还算比较快的，据说有些月刊要把这个战线拉得更长，需要大概3个月的时间。所以逼着一些公关公司在半年之前就要琢磨半年之后将会发生什么。这时候，这个行业的每一个环节都在做着同一个工作——未卜先知。"

　　"与此同时，这是一个复杂的流程。制作一个选题，通常需要几个流程，依次如下：想选题；琢磨与这个选题相关的人；联系这个人，问他的时间；联系摄影师和作者；联系采访拍摄场地；给被采访人、作者、摄影师和场地负责人发一条群发的消息，在采访前一天提醒大家，第二天有这么一个事儿，大伙儿千万别忘了；回来找摄影师挑图；找作者要稿子；催摄影师修图；看作者的稿子，看看有没有要作者修改的，如果遇上作者姥姥奶奶去世，或者作者眼睛瞎了，自己把作者的稿子修改一遍——别乐，真的有作者以这样的理由拖稿，但是当天晚上我就在一个话剧的媒体场看到了他；应一些被采访人和该人所在机构的要求，把稿子发给对方审一遍，看看有没有什么硬伤；把确认的稿子和修好的图片发给设计师，让设计师帮忙排版；一校，主要校错别字；二校，主要看一些人名地名作品名有没有问题，以及商榷一些有可能被判断成政治上不正确的东西到底正确不正确；

三校，主要拿给主编看，修改一些不合适的标题和不合适的措辞。至此，一个编辑的工作完成了。接下来，还有许多工作是交给其他流程的，比如拼版，比如印刷，比如发行。"

但是做一个电台节目，用不了那么复杂，基本上只需要三四个步骤就可以完成，同时不一样的是，传播的效果更直接，也更有时效性。

但是从创办坏蛋调频的那天，到王硕真正鼓起勇气辞职，又经过了4年的时间。不得不说，经济问题在里面起到了巨大的抑制作用。如果他2011年创办坏蛋调频的时候就辞职，显然不太合适，收入会骤降，没钱买书，没钱买盘，没钱旅游，也就少了许多丰富节目内容的谈资。

"但是这件事已经提到了日程上，就像一个胡同传说要拆，传闻传了很多年，终于在不经意的一天早上，你在梦中被挖掘机的声音惊醒，还在后院睡觉的你，发现前院的墙壁已经倒塌。你住的再也不是四合院，而你成为颓垣之中的一枚钉子户。"

　　终于在2015年的3月，王硕做出了辞职的决定，当时正好有一个机会去当出租车司机，他可以一边拉活儿挣一些生活所需，一边做他喜欢的事。除了坏蛋调频的工作之外，还想多读一些书，让自己不显得太没文化，当然，读再多的书也还是为了一件事，就是把一个叫作坏蛋调频的东西越做越好。

　　辞职之后，王硕给自己定下了一个目标，就是在未来的日子里，只做自己感兴趣的事情。所以他推掉了所有杂志的约稿，只在坏蛋调频的微信公众平台上写一些他自己感兴趣的东西。因为他觉得按照一些编辑的思路写稿，是一件能恶心到自己的事情。同样恶心的事情还有很多，比如去银行做企业贷款，或者跑到一个售楼处去卖房子。同样都是恶心，写稿挣得最少，"那么为什么不去做其他既恶心又赚钱的事，而非得做这件既恶心又不赚钱的事"。

　　最初的日子基本上是在车上度过的。有时接不到活儿，给他留出了更多时间，让他踏踏实实读书。

　　在整个过程中，有一本书对他影响特别大——毛姆的《刀锋》。书里面讲的是一个家庭背景还不错的兄弟，没有像其他同龄人一样跻身金融行业，而是把读书和行走看作人生当中最重要的事情。至于钱的问题，只要能生存，钱永远都不是问题。他后来回到纽约之后，也是变成了一名出租车司机，这样能有更多的时间掌控在自己手里，剩余的时间还是一件事，就是通过阅读和行走，丰富自己，而不是丰富自己的口袋。

　　当然，王硕后来把这个观念进而做了一个现代化的引申，这是一个投资人遍布世界各地的年代，他始终相信一点，不要自己去找钱，而要等着钱来找你。那么什么时候钱会来找你？就是当你自己足够丰富的时候，自然而然会有人为你投资，那时候，你的想法就可以实现了。"没有什么迟与不迟的问题，只有时机合适与否的问题。

任何人的成功，都有两个因素，一个是这个产品的成熟度，另一个就是时间，后者更加重要。汪峰就是最好的例子，他早年穷得一塌糊涂，但好在坚持下来了，所以今天他干点儿什么事儿，都有好多人帮他上头条。"

但是，这样安宁的日子没过多久，他就被一个发小"劫持"了。这个人叫于向飞，他们是在彼此15岁的时候认识的，王硕在41中，于向飞在159中，这两所中学都在北京市西城区白塔寺这个地方，中国第一家性用品商店亚当夏娃也开在这里。亚当夏娃的东边，是159中；亚当夏娃的北边，是41中。他们通过一个同学相互认识，然后发现彼此都在听拉赫玛尼诺夫的第二钢琴协奏曲。对于年仅15岁，又不弹钢琴的男生来说，在那时候听这个，基本上和精神病没什么区别。于是两个精神病在一块儿的关系还不错，当时组了一个乐队，只在饭桌上口头排练过几次，没干成什么正经事，但是相约未来一定要在一起做一点儿好玩的事情。

但是其间十多年一直没有联系，直到王硕辞职的那天，也不知道为什么，于向飞突然出现在他的微信朋友圈，说哪天出来聊聊。于是就在他完成《周末画报》最后一期盯版的那个周三的夜里，在前单位附近唯一一个能在室内抽烟的咖啡馆里，他们聊到了天亮。于向飞聊了聊自己对于杂志的看法，王硕聊了聊他对于内容的期待，于是王师傅决定了，加入MONO——这个slogan已经改成"为什么身边总有人懂得那么多"的APP。

临分别的时候，王硕告诉向飞，其实拉赫玛尼诺夫的第二钢琴协奏曲就是他治好了精神病之后，写给他的心理医生的一套组曲。

当然了，加入新团队的同时，王硕也利用有限的闲暇时间，顺带开一下出租。

你可以叫他"王师傅"。

上路再说

　　在我辞职之后开出租车的这段时间，基本上每个乘客都会问我，除此之外还有没有其他职业。我说我刚辞职，原先在《周末画报》上班，干了7年，做到了一个非常尴尬的职位。然后正好有这么一个机会，开车拉活儿，目的不在于拉活儿挣钱，而在于途中认识的人，聊过的天儿，这些能让我有一种在路上的感觉。于是毅然决然，辞了算了。

　　的确，"在路上"对我这一代人来说是一个重要的名字，它是杰克·凯鲁亚克的一本小说，是麦田守望者乐队的一首歌。

　　对于那本书来说，凯鲁亚克写的并不是一个故事，而是莫名其妙的一股劲儿。如果非要用一句话形容这股劲儿，那么可以简而言之："去你妈的，上路再说。"有了这股劲儿，主旨和线索就已经不再重要。

　　同样的一股劲儿，也出现在卡夫卡的《出门》当中。这是一首诗，或者说是一个散文，总之翻译成汉字之后只有250个字。这是一个根本就不是故事的故事，却比他的《城堡》写出了更多含义，也比《变形记》更加豁达，尤其是最后那句"旅途是那么的漫长，如果一路上我得不到东西，那什么口粮也不能搭救我"。虽然有点儿轴有点儿拧巴，甚至有点儿二百五，但是同样还是那股劲儿——"去你妈的，上路再说。"

　　《出门》在前，《在路上》居后。我不知道凯鲁亚克是否看过卡夫卡，但我总是喜欢把那段话和那本书联系在一起。前面是提出一个想法，后者将其变成了一次脚踏实地的行程。但这个行程不是旅程，不是放松身心，而是寻找自我。

　　说得更直白一点儿，就是不知道自己想要什么，于是上路看看这个世界上还有什么，其中有没有自己想要的东西。这就是公路的意义。

　　公路作品基本上都诞生在一个经济条件还不错的环境当中，日子过得还不错，就是有点儿迷茫，问自己真正想要什么的时候，总是给不出一个确切并且持久的答案。

　　于是在迷茫当中，有些人选择了接受这种迷茫，于是进入到一个叫作拼命挣钱的环节当中。从CBD往东的地方出发，一路向西，努力地坐进了写字楼，然后努力地坐到窗边，然后再努力再努力，争取有朝一日坐到两面玻璃墙夹角的位置，因为在这里，有两扇落地玻璃窗，外面看不到里面，而里面却有两面风景，看上去风光无限。

　　回想一下，虽然在这7年当中，我经常说《周末画报》这不好那不好，在坏蛋调频节目里说，在饭桌上说，但那都是嘴欠，或者叫一时之快。真正让我严肃地回答这 7 年过得怎么样，我会说感谢《周末画报》，让我节省了很多时间，在 7 年当中经历了别人 17 年甚至 27 年都不一定能经历的人生。让我扩宽了眼界，让我见识了许多行业。整个过程，就像是一个在路上的过程，这个过程不是探险，而是探索。

就像电影《摩托车日记》里的切·格瓦拉，如果不走那么一趟，他可能只是一名医生，仅此而已。而从地理位置而言，距离我们更近的例子是齐福德的《312 号公路》，类似的例子还有何伟的《寻路中国》，但是相比后者我更喜欢前者，因为他通过顺风车和公共交通，与车上的人聊出了一个中国。

如果把我这些年因为工作的每一次交谈都算作一次采访，那么我的采访次数可能超过了 1 千次；如果每次采访都做录音的话，那么录音时长肯定超过了 10 万分钟。这些次数和时长给我的不仅仅是"经验之谈"，更多的是一种生存之道。

如今我把这些总结概括，只得出了一个结论：过去的 30 年当中，经历了许多不必要的环节，而这些环节都有一个万恶的关键词，叫作竞争。而这个生存之道，就是不去和别人竞争，因为竞争只会带来消磨，而我只需要踏踏实实做回自己。

要知道，我们从小就已经被"竞争"这个关键词绑架了。

在当学生的时候，我们要把成绩单交给家长，让家长在上面签上名字，表示自己知道自己孩子的学习成绩——好的继续努力，坏的要更加努力。于是我们参与到竞争当中，在中考的时候淘汰一批，在高考的时候又淘汰一批，这时候你会发现，反倒不知道自己想要什么了，不像小学一年级写作文，你最起码还能说自己想当个运动员，或者是科学家。

同样的教育和升学的压力让你没法安安静静培养自己的爱好，"天才"一词也永远与你失之交臂，而那些被称为"天才"或者"神童"的人，其实应该叫"学霸"。

后来，好不容易竞争到了大学，天性泯灭了一半，却偏偏发现校园里竟然有一个更加万恶的东西叫作"学生会"，于是有些人没禁住诱惑，在没明白到底为什么参与其中的时候，就已经投入了身心，那一刻你就进入了社会秩序为你设好的圈套，从此励志，未来升职加薪。

然后你就变成了实习生（经过竞争），然后你就努力转正（经过竞争），然后你就有了执行权（经过竞争），然后你就有了决策权（经过竞争），再然后你就有了否决权（经过竞争），最后这个否决权变成了一票否决权（经过竞争）。终于有一天你和很多具有一票否决权的人坐到了同一张桌子上，发现彼此之间的话题还是他妈的竞争。

只不过这时候的竞争，不再是一个单位内部的竞争，而是与其他单位的竞争。这个层面的竞争没有丝毫道理，就像两个人在微博上对骂，骂到最后，已经忘了最初的矛盾因何而起。

再举一个例子，就像是微软和谷歌之间的竞争。一个是做浏览器的，另一个是做搜索引擎的，本来过得都挺好，但是微软非要做 Bing，谷歌非要开发 Chrome。最后的结果是，双方各自市场的利润都在竞争过程中获得的越来越少。

对于企业来讲，是这样；对于人来说，也是一样。对于企业来讲，它的空间叫作市场；对于个人来说，这个空间叫作职场。虽然我在《周末画报》的 7 年当中，始终没有深陷职场的感觉，虽然到现在我都觉得《周末画报·城市版》是一个不需要职场技巧就能生存的地方，但我还是觉得自己变成了一个越来越少的自己。

于是我决定辞职，去做自己想做的事，去做这 7 年当中经过无数次筛选之后找到的"想要什么"。也许 20 岁的时候，我们不明白自己"想要什么"，或者这个"什么"总是动摇变来变去，但是到了 30 岁，我觉得有必要迈出这一步，要不然再过几年就晚了。

所以在未来，我可能还会去做一些属于社会层面的事情，比如开一家餐厅，甚至是找一份工作，但这些必须是自己感兴趣的，想要去做的，并且我会一直开着这辆"坏蛋出租车"，为的是让自己保持着在路上的状态，时刻观察这个世界都在发生着什么，但不因为这个世界的潮流调整自己。

"未远行路定，我们一意非孤行。"《在路上》那首歌发表多年之后，麦田守望者乐队又写了一首"在路上"，只不过这次改叫《一意孤行》。

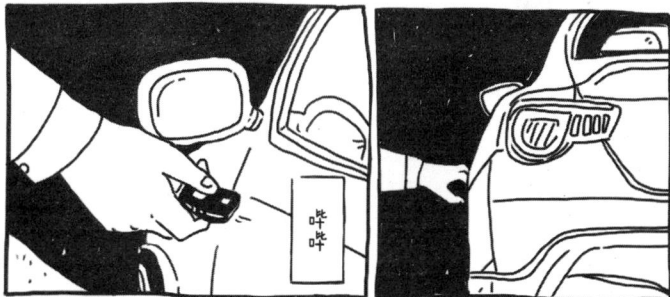

我如何得到了第一个差评

"如果你还没泡上这个姑娘，那就别约她去看《速度与激情》。"

这话是我说的，对一个从中关村上车的IT男说的。

那天是一个周五，晚上11点半左右，我正从那个长相如同攀岩墙壁的盘古七星(这家酒店只是名字当中有"七星"二字，但不是国家旅游局评定的七星级酒店。这么多年，他们一直给人造成七星级的误会)往慈云寺桥开，准备收车回家，继续熬夜看史云梅耶的动画片。

路上忘了关司机客户端，结果就碰到这么一个单子，我一看是从中关村到白纸坊。但是客人的出发地点距离我6公里，所以我觉得他不太可能叫我，但我还是手欠，点了接单。要知道，中关村是有名的"狼窝"，所有车都盘踞在新中关购物中心旁边的海淀黄庄地铁站，但是万万没想到，有那么多距离他只有100米的车，他竟然这么"不长眼"，偏偏选了我。

紧接着我给他打了电话，是为了确定人数。我猜那个时间从中关村打车的，不是刚加完班的"技术猿"，就是刚看完电影的"狗男女"。

电话接通，江浙口音，告知他是一个人之后，马上就问我多久能到，我说10分钟（当然，这就意味着我要一路超速，在没有摄像头的路段踩到160），然后他接下来就说了一段在我看来逻辑非常混乱的话。

他说："10分钟啊，但是我看你的位置的话，30分钟才能到吧。"

"原则上10分钟就能到，但是您如果想让我30分钟之后才到，我也能做到。"

"你确定你10分钟能到吗？你要是到不了的话，我就再叫一辆。"

说实话，我不想丢掉这个活儿！而且这时候你应该也能看出来了，他逻辑有些错乱。他要求我10分钟之内到，看上去一副很着急的样子，但是他又看定位推测我差不多30分钟才能到，却又偏偏选择我。所以我特别想见见他，深情地问问这个江浙男，你到底怎么想的？

然后我告诉他我能在10分钟之内到达，确定以及肯定。所以一路上走在北四环，你能想象我开得有多猛。再加上那段时间大屯隧道刚刚发生车祸，所以我猜这一路上至少有30个司机在想：又一个作死的。其中至少5个人会在第二天跟自己的朋友吹牛逼，说自己在北四环亲眼见到了一个那天大屯隧道的飙车族。

我记得特清楚，我挂了他电话之后，看了一眼表，11:51。到了11:59的时候，手机又响了，他问我到哪儿了。我说已经在中关村一桥这里等左转的红绿灯了。他说了一下自己的准确位置，然后又补了一句："你快点儿啊，你要是再不到我就叫别的车了，这儿黑车多的是。"

我强忍着，没发火。但我又不愿意厌了吧唧地跟他说"您别着急，我马上到"之类服软的话，所以只能半开玩笑地告诉他："黑车夜里不安全，我车是白颜色的。"

1分钟之后，我看到了他，一个看上去备受挫折也要故作坚强的IT男。

他和我原来在新浪上班时遇到的IT男不一样，穿得还算讲究：衬衫西服卡其裤，但是颜色极为不协调；衬衫是细碎的格纹，充满了娘娘腔的风格；西服是土灰的，真的是土哦；卡其裤是米黄色，裤脚太长，没有往上挽起，趿拉在地上。当然，最重要的是，他背了一个黑色双肩背，典型的IBM电脑包，充分暴露了他的身份。

他上车的时候，并没有把双肩背摘下来，而是背着双肩背直接坐到了副驾。这时候双肩背里发出了"噼里啪啦"的玻璃塑料包装纸的声音，一听就是包里装着膨化食品，很有可能是刚看完电影，然后本着坚决不能浪费的原则，把没有吃完的膨化食品又塞进了包里，而且不惜膨化食品撒出来弄得包里全是碎渣儿。

上车之后，他就一直打电话。从他电话里，我得知了他在最近4个小时之内经历的事情。

他约了一个心仪的姑娘吃饭看电影，这已经是他第3次约她了。这个姑娘家住理工大学，姑娘稍微有点儿胖，很能吃，两个人吃的是小火锅，吃饭的时候点了4盘菜，然后他吃了一盘，姑娘干掉了其余3盘。之后他还问了姑娘一句"为什么这么能吃"，然后就带她去看了《速度与激情7》。看完电影之后，他本来想送这个姑娘回家，但是姑娘找了一个理由，说理工大学太大，院儿里太绕，觉得他送着太麻烦，容易迷路，然后他就叫了我的车。

我沿着白颐路一直往南开，走到白石桥的时候，哥们儿才把电话挂断。之后看他发了一个微信，估计是问那个姑娘到没到家睡没睡电影好看不好看之类的屁话。

然后，他就开始跟我聊天，问我是不是还有其他工作，我说我刚刚辞职，原来是做平面媒体的，他说平面媒体现在是不是都没人看啊。我听完这句话，怒从心头生，但是在我即将踩下急刹车的一刹那，我想了很多，还是把脚放回到油门上，话锋一转，有了随后的对话。

"兄弟，咱们第一次见面，互相不认识，但是我刚才没办法，迫不得已听到了你在打电话，有些话我不知道该不该说……"

兄弟愣了 5 秒（我数着呢）："你说吧。"

"当你第 3 次约同一个姑娘出来看电影，她还拒绝让你送她回家，那么只有一个可能，就是她对你根本没兴趣，或者是她可能还约了别人，你送着不方便。"

这时候，那兄弟脸色应该已经变了，因为他支吾了一声，有话想说但又说不出来，憋的。

"首先，你今天的穿着明显是搭配过的，但是颜色上不太美妙，其实兄弟你长得不错（有些瞎话该说还是要说的），下次穿一身黑色，最保险。再有，约姑娘吃饭的时候，不要选小火锅，不高级。不要问姑娘吃什么，而是要问你自己能带姑娘去吃什么。姑娘平时自己也会去吃小火锅，既然自己平时能干的事，那还要你干吗啊。出来约会，就带她去一个环境稍微好一点儿的地方，多花不了多少钱，但是体验不一样，给姑娘留下的印象也不一样。"

这时他好像谦虚了一些，问我："你觉得去哪个餐厅合适？"

"不是哪个，而是哪类。刚才你说平媒没人看，那么想必你手机里应该有许多APP。现在有一类APP是推荐人均150元以上的餐厅，这些餐厅都是经过他们筛选的，环境不错，而且吃得比较讲究，有些五星级酒店餐厅也在推荐之列，他们会定期做一些云南野生菌主题，或者是澳洲和牛主题的套餐，不贵，而且和原价比起来，用这类APP订购有折扣，人均也就200多块钱，但是用餐体验相对高端，你除了泡妞之外，谈客户也可以去这类地方。餐厅都是这类 APP 帮你甄选的，保证了就餐的安全性，泡妞成功几率大，谈客户签单几率也大。"于是我向他推荐了 ENJOY。

其实我本来想跟他说这是一个美食产品的买手平台，但我实在是担心他不懂"买手"两个字是什么意思。于是我就跟他讲了我的一次体验，掰开揉碎跟他解释。

那次是在前门的杨梅竹斜街，一家叫作米念的设计师工作室。这里平时是工作室，但是到了晚上，就变成了小饭桌;到了周末，还有"陌生人饭局"主题的私房菜。6 个人，彼此都不认识，共同在一个桌上吃饭，就是看看能不能聊出什么机会。有在一起合作的机会，还有在一起谈恋爱的机会。

他听完没说话，但是马上拿出了手机。这时候我好心好意告诉他 ENJOY 怎么拼，结果他还嘴硬，说"我知道"。

于是我接着说："还有，就是在你没有把姑娘泡到手的时候，千万不要去看《速度与激情》之类的电影，因为里面的男主角都比你精神，都比你精壮，而且都比你有范儿。你带姑娘去看这类电影，相当于是作死。姑娘看着荧幕上的俊男，扭头再看看你，就不可能再有散场之后的其他事情发生了。"

说完这句话，地方也到了。他下车的时候说了一声"谢谢"，说得很勉强，我也没多想，只是觉得这兄弟有点儿倔强，应该多听听五月天。但是转过天来，我就得到了干出租车之后的第一个差评。

突然想起的往事

在开车的时候，我能通过乘客的职业得知许多我不知道的故事。与此同时，他们上车下车的地点，也勾起了我的很多回忆。

那天已经凌晨 1 点了，我在雍和宫的金鼎轩门口接到了一个活儿，客人和我只有一桥之隔，他在雍和宫地铁站，要去一个叫作育惠里的地方。一路上，我没用导航，客人一直夸我，夸我认路，对于育惠里这样一个偏门的地方，竟然知道得那么清楚。

我并没有告诉他原因，并没有告诉他我在育惠里住过一年。直到他下车之后，我才稍带感伤地驻足了一会儿，自己跟自己说了好些当年的事情。

从雍和宫到育惠里，那是我当年上学时每天都要走的一条路线，也是当年62路公共汽车要经过的路线。我家住在西客站，当时我要从西客站坐一趟公共汽车到长椿街，乘坐2号线地铁到雍和宫，再到地面上转乘62路公共汽车，到育惠里的住所。

所谓的住所，其实是学生宿舍。育惠里那里原来有一个超市，叫作凯基伦。在凯基伦的后面，当年叫作松竹公寓，据说现在是女子学院的宿舍楼。

当时7个人一间屋子，屋子里4张床，上下铺，其中一个床位是放杂物的，但杂物基本上不会放在上面，而是用于临时储备，以备不时之需。

何为不时之需？就是宿舍当中的男同学带女朋友来此过夜的时候，那么其他6个人就要分别睡到其他宿舍临时储备的这个床位。这种同甘共苦的精神是在军训时培养出来的，或者说是在军训的时候彼此签下的互帮互助友谊盟约。

当然，这样的友谊只持续了半个学期。再好的朋友住到一起时，都会以翻脸收场。原因很多，有可能是生活习惯，有可能是睡觉的鼾声，还有可能是某人女朋友来得太勤。

在翻脸之后，我们宿舍每个人的床位上都安上了一个纱帘，而且是黑色的，整个宿舍就像灵堂一样。之所以要这样布置，还是因为彼此的女朋友。这时候，再也没有人因为某人女朋友要来，从而挤到其他宿舍，而是干脆就拉上黑色纱帘。

就这样，我们在彼此的跌宕起伏当中度过了大学一年级。

对我来讲，这已经是第二个大学。第一个大学叫首都经济贸易大学长城旅游学院，在延庆的县城。从德胜门要坐两个小时的长途车，到了地方还要打一辆没有顶棚的平板车。我记得当地平板车骑手的口音特别像天津话，管"网吧"叫"王八"。

当时我在那所学校报的是广告系，上了两个礼拜的学，我就退学了。原因很简单，在开学之前的军训时，我一个人打了12个教官。后来军训结束时，每个人都得到了一张A4打印纸，叫作军训合格书。别人的合格书都写着"同意合格"，只有我的多了一个字，变成"同意不合格"。当其中一个与我交过手的教官把这张A4纸递给我的时候，面带狰狞地跟我说："明年等着瞧。"

我不想等到明年，也不想再瞧见他。就在学校教导主任通知我即将在下下周一宣布我的处分时，我和我爸妈商量，在处分到来的前一周，申请退学。

然后我复读了一年，去了联合大学旅游学院，学的是法语专业。之所以要报这个专业，是因为它听上去比较不一般。后来有一次泡妞的经历证明了这件事。我和英语系的一个同学在摩登天空音乐节上共同看上了一个姑娘，看完演出吃宵夜，席间姑娘问我们在哪儿上学，什么专业。同学报了学校的名字，说他学的英语。姑娘说了一声"哦"。轮到我，我说和他一个学校，学的法语。姑娘的回答是"哇噻"。

这样的事情后来屡次发生，姑娘问我大学什么专业，我说法语。姑娘说你能说两句吗，我就把我第一堂课学的两句话说给她听。然后紧接着再补一句："好几年不说了，全都忘了，我现在特别想重新报一个法语班，从零开始，再温习一遍，你有没有兴趣跟我一起？"

事实上，我并不是忘了，而是我只会这两句。因为大学几年，我只认真听了第一堂课。幸亏当时的女班主任得知我在校外的一些事情，觉得我可能是"可塑之才"，不应该被考试牵连。所以在每次考试的前一晚，我都能接到她的短信，上书"ACBDDCCABDDACCAD"。

当年住在育惠里的时候，我最爱去的地方就是凯基伦，神秘莫测的楼上从来没去过，物美价廉的超市也很少光顾，最常去的地方是超市旁边的 DVD 店，那里可以租赁 DVD，每天 1 元 1 张。

于是，在育惠里的一年，我看了特别多的电影，平均一天 3 部片子，一年下来 1000 多部，而且基本上是文艺电影。这些文艺电影因为太文艺，都被放在店里一个满是灰尘的角落，有一个大纸箱，纸箱里全是这些片子。老板说这些片子从来没人碰，所以到了后来，老板见我只租那些没人碰的片子，觉得有些不好意思，觉得我是在帮他分担忧愁，于是把价格调整了一下，变成每天 1 元 3 张。

伴着这些因为太文艺而不好卖的电影，我莫名其妙地混到了大二，这时候我基本就不在学校泡妞了，而是到学校附近的一个酒吧里去泡妞。与其说是酒吧，不如说是 Live House，那里每天都有演出，我隔三岔五就去，每周报到 3 次，这个地方叫无名高地，现在已经不在了，当年鼎盛的时候，窦唯在这里驻场。

当时，我利用地理优势，在学校食堂吃完饭就去酒吧，自己点一杯啤酒独占一张桌子。等到演出开始时，桌子不够用了，势必会有人跟我拼桌——老爷们儿来的时候，我就说这里有人，姑娘来的时候，我就在昏暗的灯光下端详她的相貌。

能泡到的对象基本上只有一类，就是对法语感兴趣的电影女青年。我跟她们聊卢米埃尔兄弟的时候，不说《火车进站》，而是说他们拍的情色喜剧。跟她们聊《你丫闭嘴》的时候，不说中文片名，而是告诉她们法语片名 *Tais-toi* 应该怎么读，然后再普及几句最基本的法国国骂，merde 是他妈的，va-t'en 是滚蛋。

有关电影和法语的这个习惯一直保持到现在，保持到我开车的时候。我买了一套戈达尔的 DVD，但只抽出了其中一张《法外之徒》，长期放在车载 DVD 里面。女客人上车，我就点击播放。好奇的人总会出现，她问我看的是什么，我说这部电影叫《法外之徒》。然后对她说戈达尔，对她说电影手册，对她说新浪潮。当然，她有可能都不知道，不过没关系，我猜她一定看过《低俗小说》，再不济也知道《阿飞正传》。OK，那么好，《法外之徒》才是它们的鼻祖。

这时候，她通常问我是不是特别喜欢电影，我说喜欢但没有特别，只是因为大学学的法语专业，现在平时生活当中很少用到，所以看看法语电影，就当是温故知新。有时候，她会让我说两句，于是我就重复第一堂课学会的那两句。当然，我会看看她长什么样，然后有选择性地对她说："好几年不说了，全都忘了，我现在特别想重新报一个法语班，从零开始，再温习一遍，你有没有兴趣跟我一起？"

黑客社团

　　虽然我原来写过一个关于不会泡妞的程序员的故事，但是我对这份工作其实还是很敬畏的，为什么呢？因为在信息技术时代，只有程序员才是一个时时刻刻都有可能决定你命运的职业。

　　举一个最简单的例子，大概是类似携程这样的一个网站，有一个程序员和老板吵架，因为自己女朋友被老板睡了，但程序员大哥因为是江浙人，说普通话的时候没有说家乡话那么流利，老板偏偏又是一个北京老哥，话里话外带着顺口溜，于是没吵过老板，睡了就睡了。

　　程序员一气之下，把数据都删了。刹那间，许多人刚刚订的机票没有了，酒店没有了，那种感觉就好像是刹那间一切都没有了。不过后来还好，据说数据恢复得不错，损失不大。

　　这是一个真实的事件，发生在 2015 年，但是我故意把它写得比较假，为了不让你对现在的生活感到不安。

　　新闻传播起来比较广，美剧传播起来较为私密，其实在 2015 年，还有一个美剧，也是这个题材，叫《黑客军团》。说的是一个程序员，经常会利用自己掌握的技术，在自己家电脑上查周围人的一切互联网记录，包括去没去过黄色网站，有没有第二个手机，收入具体多少钱，平时都花在哪些地方等。

　　是的，在程序员面前，每个人都没有秘密。而我有秘密，我不想跟别人说，所以我敬畏程序员，因为我怕他们。

　　其实我拉过几个有意思的程序员，其中一个是刚开车那段时间，在三里屯附近的一个小酒吧，拉了一个刚喝过酒的大哥，约莫 50 来岁。可能因为大哥喜欢车，所以就开始跟我聊车，而且还料定我是一个有故事的司机，一路上和我聊了很多。我实不相瞒，也问大哥从事何种职业。大哥说，互联网，原来是程序员，现在卖云计算。

于是我以最快的速度，在等红绿灯左转弯的短暂时间内，回忆了刚刚他是说过自己从酒吧出来，并且喝了酒。为什么我要回忆这个？因为我要进一步确定他不是从咖啡馆里走出来的。

如今咖啡馆已经被占领，被各种资方和创业方。"程序员"和"云计算"是我在咖啡馆听到过最多的两个词。一般这种对话都是估值几亿的项目，然后创始人和投资人说为什么用那么多钱的时候，永远把程序员摆在最前面，说现在找一个好的程序团队有多么多么难，多么多么需要钱。紧接着，就会跟人家聊云计算，但是用的词全都不是科学名词，而是酸文学名词，诸如"云破了，那么一切就都没有了""云只是一种迷惑，里面装的是遇到水才能变成金色的颗粒"。

说实话，我曾经也看过徐志摩，知道什么叫恶心。但是这么恶心的东西，实在不多见。

当然，他们最后一定会谈到启动资金，创业方拍着胸脯和投资方表示："实话实说，扎克伯格已经答应投资我的 A 轮了，其实现在就差 2000 万启动资金。"

扯远了，说回来，在确认过大哥是喝酒之后，我相信大哥应该不是胡说八道。然后就进一步和大哥聊他们程序员的故事，但是这时候大哥先说话了，而且和我想问的差不多。

他说："像你们这么有意思的媒体职业，是不是都觉得我们程序员是特别枯燥的一群人啊？"

我说，我说，我说，我这时候根本说不出话，只是在想哪些话不该说，确定了接下来说话的"方针政策"之后，淡定地说："俗话说得好，不陈述观点，只陈述事实（俗话真的没这么说过），所以我给您讲一个我拉过的程序员的故事。"然后，我讲了那个在中关村拉上的不会泡妞的 IT 男的故事。

大哥听完乐了："是够傻逼的。"然后就给我上了一堂课，这堂课的名字可以叫"如何辨别真假黑社会大哥"。

这堂课的中心思想与主要内容大概是这样的：

过去的大哥都是在澡堂子里才能看见，平时在大街上，同样一个人，你就觉得他是一个李建国或者孙成功，言行举止客客气气，里里外外都是老好人，不显山不露水，出门地铁或者公交，真到有事儿的时候，澡堂子里才能显现出霸气。因为过去一个人之所以能当上大哥，早已经不是光靠武力的年代，必须得依靠资源。有的人靠的是家里的亲戚，但那个最后只能混成显山露水的大哥，因为他的成功是依靠亲戚，往后就离不开亲戚，可以从经济上断绝来往，但无法从面子上断绝来往，所以一定要显山露水，告诉亲戚我成功了。

但是这些大哥的大哥往往掌握着更多的信息，所以你看为什么总有一些大哥爱去那些就算正经也一定要去的洗浴中心啊，就是去交换信息了。每个洗浴中心澡堂子里面都坐着一个真正的大哥，因为经常在里面坐着，所以谁的话都能听得见，而且身为在一个水池子里洗过澡的关系，完全有理由互相多聊两句认识一下，交换联系方式。就这样，泡澡的变成了掌握各种信息的人，就成了真正沟通有无的大哥，所以你看各国黑帮片都是这样，真正的大哥不是说打就打的大哥，而是一个电话把事情解决的大哥。

那么现在呢？那个时代过去了，真正的信息技术实际上转移到了互联网，而互联网上的这些东西是谁建立起来的呢？是程序员。所以说程序员才是未来的大哥，如果你以后再见到一个在中关村上车、不懂得泡妞的程序员大哥，一定要小心，因为他有可能很危险，有可能是真心爱程序，于是只能用程序写成的真心去泡妞。

另一个故事是听一个作家讲的，我先讲故事，再讲那个人是谁。

　　这一趟是从美术馆的三联书店拉到中关村附近。

　　客人一上车，我就知道是一个爱聊天的人，一上来就夸我有想法。见到这种说话不太靠谱的人，我一般都会加以防备。

　　我大概回答了他一下，我之前没做过出租车司机，刚开始做这个行业不久。他笑了笑，然后就问我原来做什么职业，为什么沦为 Taxi　Driver。我说我不喜欢罗伯特·德·尼罗，马丁·斯科西斯也就一般，就是想体会一下父辈的艰辛。

　　然后他说了一句很重要的话："你既然想体会父辈的艰辛，那么你可以把父辈的故事给写下来啊。我最近就写了一本书，是关于父辈的故事。"

　　"您是作家？"我问。

　　他说："算是吧，怎么了，你怎么那么惊讶？"

　　"我已经无心干别的了。您能给我讲讲您写的故事吗？"

　　他很调皮，说可以，但是想先问问我拉没拉过什么奇怪的程序员，然后我就把中关村那个不会泡妞的程序员的故事讲给他听。

他听完笑了，但是没说"是够傻逼的"，而是说："我刚才为什么要问你，就是因为我写的这本书里，全是你说的这种程序员光辉的一面。"

"我这一次是真的无心干别的了。"

他说："我父亲是在中科院计算所工作，所以就写了当年老科学家的几个故事。其中有一个故事是关于中国第一代女程序员的，这个人叫张绮霞。虽然现在在网上可能都找不到这个人的名字，但是她的确为中国科学事业做出过特别卓越的贡献，而且这个贡献大家都知道，就是中国第一颗人造卫星。

"人造卫星除了发射点火之类的工作，还有一个重要的工作，就是地面跟踪，当时中国第一颗人造卫星地面跟踪的主要程序，就是张绮霞完成的。

"张绮霞当年编程的时候非常牛逼，能够做到一次通过。现在我们说编程一次通过，可能觉得这算不上什么牛逼的事儿。但是五十年代的编程和今天的编程不是一个概念，那时候没有 Basic，没有汇编，没有 Cobol，那时候的编程是在纸带上打出的不规则的小孔。

"这些小孔的原理是什么呢？简单来讲，就是先要把计算机的指令换成二进制的数字，然后再把二进制的数字转成这些小孔，每一个小孔代表了给计算机的一个信号，上百个这样的小孔才能让计算机做一个动作。如果不是那一代的程序员，根本看不懂那里面写的是什么。

"但就是这样的东西，张绮霞一次通过。"

几个月后，当我逛三联的时候，看到一本萨苏的新书，名叫《高墙深院里的科学大腕》。

问题少女

　　作为乘客的你，也许不一定知道司机也可以给乘客打差评。

　　在司机端是有这个功能的。每当一单结束要算账的时候，司机端就会蹦出一个确认金额的页面。除了确认金额外，下面还会有 5 个五角星，那意思好像是在说："作为司机，你觉得这一单的乘客如何？"

　　这个"如何"当中我不知道是否包含颜值，但我的确给一个颜值特别高的女乘客打过 1 星。

　　这个故事要从晚高峰过后的 9 点钟说起，或者从三里屯那个永远拥堵、永远过不去的路口说起。

　　那天我去了一趟前单位，跟旧日同事吃饭聊天，完事儿之后同事还要加班，我就在工体东路东侧的停车位上，打开司机客户端，上线接单。

虽说是晚上9点钟，已经过了政府规定的晚高峰，但是对于三里屯来讲，又迎来了另外一个高峰。吃完饭的人从各种餐厅里出来，准备叫车回家。不一会儿，我就接到了一个距离我1公里的订单，对方从三里屯的苹果店到石佛营的炫特区，订单上的名字叫陈小姐，我猜她应该是个女的。

我马上给她打了电话，对方喊了我一句"师傅"，我真想接一句"徒儿"。她说自己在三里屯苹果店，能不能上这里来接我。我说"我真心没法把车开到苹果店门口"。于是有了如下的对话。

陈小姐："啊，你没法把车开到苹果店门口啊？"

王师傅："对，没办法，不光是我，好像没有谁能把车开到那里，即使是警车也没法随随便便把车开到那里。"

陈小姐："不会啊，我看橙色大厅门口停着一辆奥迪。"

王师傅："那是租用橙色大厅广场做活动的车，它只是停在那里，是一个摆设。"

陈小姐："真的吗？"

陈小姐说完这句"真的吗"之后，我真心想问她是不是叫陈鲁豫。

但是我还是选择了沉默，等着陈小姐接着往下说。可是电话那一端的陈小姐显然也在等着我对她那句"真的吗"加以否定或肯定。最终，我耐不住寂寞，在 5 秒钟之后，说了一句"真的"。

陈小姐："那你为什么迟疑了这么半天才回答我？是不是你可以把车开过来，但你觉得这里人多不好走，懒得上来。"

王师傅："不是我懒，是我不敢。如果我要真的贸然往苹果店门口开，我一方面担心会不会有隔离墩拦住我，另一方面担心，我刚开到优衣库的时候，就已经被执勤人员给按下了，然后说我扰乱社会治安，将我绳之以法。

我目前还不想因为优衣库上头条，而且更重要的是，我担心接不上您，没法把您带回炫特区。"

陈小姐："那么好，我走一段吧。你到那里去接我。"

然后她就把电话挂了。

我随即惊了。去"那里"接你……"那里"是哪里？

我随即又给她打了一个电话。

陈小姐："还有什么事儿吗？"

王师傅："我想问您一下,您说的'那里'到底是哪里？"

陈小姐："我说的'那里'就是'那里','那里'你都不知道吗？"

这时候我才恍然大悟，原来她说的是那里花园，在太古里南区和北区中间的一片区域，在外人看来，那里有几家不错的餐厅，但是在那里的餐厅看来，这里有全北京最高的房租。

王师傅："那里我知道，那里花园。但是那里花园那里，单向只有一条车道，没法停车，所以我快到的时候,我会给您打电话，要您提前出来等我。我不太方便在那里等您，要不然后面的车该骂人了。"

陈小姐："啊？还要我等啊！"

王师傅："原则上是这样的，但是那条路特殊，不是我不等您，而是我没法在那里停车。要不然这样吧，我去三里屯北区的地下车库等您，或者是三里屯南区的地下车库等您，然后您走到地下车库的时候给我打电话。"

陈小姐："那我是不是还得给你交停车费啊？"

王师傅："原则上是这样的，但是为了您，我可以放弃原则。"

陈小姐："既然你都放弃原则了，那你就在路边等我一下下嘛！"

得，开始撒娇了。

王师傅："有的原则我可以放弃，但是前提是在不干扰别人的情况下。如果我把车停在那里花园的东门门口，会挡住后面所有车。"

陈小姐："那好吧，你就在三里屯南区的地下车库等我吧。"

王师傅："好，我估计 10 分钟之后到。"

陈小姐："哎，不对啊，我刚才叫车的时候，不是说 5 分钟就可以到吗，为什么你现在说 10 分钟？"

王师傅："刚才是刚才，现在是现在。一会儿上车我给您讲一个故事，故事的名字叫作'人不能两次踏进同一条河流'。"

陈小姐："这是什么故事？"

王师傅："来自浪漫的爱琴海边的故事，主人公姓苏，叫苏格拉底。"

陈小姐："哦好，我最爱听故事了。"

王师傅："我到了，您下来吧。"

陈小姐："哎呀，你怎么这么快，你不是说 10 分钟吗？"

王师傅："交通就像一盒巧克力，你永远不知道下一秒会发生什么。"

陈小姐："这句话怎么听着那么耳熟……"

王师傅："原话是 Life was like a box of chocolate, you never know what you are gonna get。"

陈小姐："这句话听着也耳熟，从哪儿来的？"

王师傅："如果一会儿路上足够堵，我再给您讲一个美国人的故事，故事的主人公叫弗瑞斯特·甘普。"

陈小姐："这个人是谁啊？我没听说过。"

王师傅："陈女士，您是穿着一身蓝色的连衣裙，手里提着一个 American Apparel 的袋子吧？"

陈小姐这时候看了看自己，又看了看自己手中提着的袋子，说："对啊，你怎么知道？"

王师傅："上车。"

这一路当中的大部分路段，都不算太堵，只有那么一段，堵了 20 分钟，这一段大概有 200 米，是从太古里 Pageone 书店的位置，一直堵到三里屯的十字路口。

在这 20 分钟里，我给她讲了那个爱琴海边古希腊的故事，同时又告诉她《弗瑞斯特·甘普》也叫《阿甘正传》。她听得饶有兴趣。故事讲完了，三里屯路口还没过，于是我又给她讲了一个《第二十个操蛋男孩》的故事，是一个我在坏蛋调频微信公众号推销 T 恤时写的小故事。因为这个故事够长，终于把三里屯路口给混过去了。

从三里屯往东，拐上了通过长虹桥、朝阳公园桥的那条路，她又问我喜不喜欢听音乐。我起初不想说自己喜欢，但是想了又想，其实那样更好，有音乐听的时候，就不用听她说话了，就算是《小苹果》都行，反正不听她说话，怎么都行。

王师傅："听音乐这件事不会干扰到别人，所以在这个问题上我可以没有什么原则，您想让我喜欢，我就可以喜欢；您不想让我喜欢，我可以不喜欢。当然，如果您不喜欢那么确定的答案，我还可以跟您说'还行'或者'凑合'。"

陈小姐："那我们听歌吧？"

　　王师傅："现在车里不就有音乐吗？"

　　陈小姐："这是谁的音乐啊，怎么那么奇怪啊？"

　　王师傅："这是王菲的新歌。"

　　陈小姐："啊，她怎么变成这样了？"

　　王师傅："我不知道，没问过她，不知道她生命中出现了什么样的变故，导致了你现在听到的结果。"

　　陈小姐："好难听啊，要不然听我手机里的歌吧。"

　　我皱着眉头，做了一个无奈的表情，但是我很谨慎，没有让她发现。反正我在她面前可以是一个没有原则的人，她既然想听她手机里的歌，那就听吧，就算是《小苹果》的英文 Remix 版我也认了。

　　然后我就把能够连接苹果手机的那根线递给了她，她接过线，插了半天也没插进去。这时候我才发现，她用的是安卓手机，具体牌子我不认识，上面好像写了一个 M。

　　王师傅："这个连不了，这个只能连苹果手机。"

陈小姐："哎呀，你车上的音响好歧视人啊！"

王师傅："首先这里面没有歧视，即使有，也不是歧视人，而是歧视手机。"

陈小姐："那你车上有蓝牙吗？"

原谅我当时真的震惊了一下，因为我没想到她竟然知道"蓝牙"这个词。

王师傅："有，我现在打开，你在蓝牙里找一下DVD 这个名字，然后配对就可以了，如果需要输入配对码，您敲 4 个 0 就 OK 了。"

但说完这句话我就后悔了，因为我有一个毛病，蓝牙过敏，只要在小空间里面开着蓝牙，我就会头疼，音量越大，疼得越厉害。

但我没告诉她，还是任由她放她手机里的歌。

很幸运，她的手机里出现的并不是《小苹果》，而是Rihanna。

陈小姐："我特别喜欢这个人，我觉得她身材特别好。"

王师傅："虽然我这么说可能会被投诉说我骚扰客人，但是有句话我还是得说，我真心觉得您身材也不错，一点儿不比她差。"

我心中暗想，不然呢？难道让我在这时说："是的，比你好多了。"第一次被投诉的教训我早就吸取了。

陈小姐："哎呀，师傅，您真会夸人。"

王师傅："恰恰相反，我特别不懂得夸人，我只会说实话，所以好多人都说我这个人不会说话。"

陈小姐腼腆地笑了笑，接着跟我聊 Rihanna。

陈小姐："我觉得她是现在最好的美国歌手。"

王师傅："她不是美国歌手。"

陈小姐："她是美国歌手。"

王师傅："她来自一个叫巴巴多斯的国家。"

说到这里，我觉得不能再往下说了，再说我又该得到差评了。于是任凭她再怎么争论她是美国人，我都用一句"可能是"表达了我本来想要表达的沉默。

最终，我在嘴上的"可能是"与内心的沉默当中到了炫特区，她下车之后，我毫不犹豫地给她打了个1星。

其实1星对于乘客来说，不涉及任何利益方面的问题，不像司机，如果被打了差评，那么今天所有的奖励都会化为乌有。但我还是给她打了1星，为了让下一位接到她的司机提前做好准备，准备迎接一个问题少女。

乘客身上的怪味道

多年以前，我的朋友健先生打车，走在东三环，行至长虹桥。那时候是下午6点半，是一个可开空调又可不开空调的夏天，于是女司机选择不开空调。突然间，健先生闻到一股血腥味儿，凭健先生的经验判断，这是大姨妈的味道。

那天长虹桥出奇地堵，有点儿百年不遇的感觉。加之没有开空调，空气不流通，健先生觉得那股味道已经快让他窒息了。他只能转移自己的注意力，通过看窗外的风景去排解鼻孔的忧愁，但是窗外没有风景，只有一辆公共汽车。他又看车内，看看车内有什么，但是手边的确没什么，眼前只有司机的服务监督卡，卡片上除了印有出租汽车公司的名字，还有司机的名字。司机姓什么不说了，名字是两个字的，叫月红。

这是真事。

后来健先生再打出租车的时候，都会先留心看一眼，看看司机是男是女。如果是女司机，宁可夏天在马路上晒着，宁可冬天在寒风里冻着，也坚决不打。

后来我开出租车的时候特别注意这件事，每次都会问客人一句，你觉得我车里有味儿吗？一般男乘客都会做出正常的反应，告诉我有，或者没有。但是女乘客听到这句话之后，不知道为什么要缩一下身体，顺势往门边一躲，刻意离我远一点儿。然后我就下意识地闻一下自己的肩膀，是不是面料不合适，再加上稍微出了一点儿汗……

后来有一位诚实的女乘客的一通电话告诉我，是我想太多。

那天我从国奥村的一个地库接上了一个刚下班的女

士，女士到三元桥下车。她上车之后，我还是照例跟她说了三句话，最后一句是："你觉得我车里有味儿吗？"

　　然后她没说话，但我明显听到了她的呼吸。我以为她是在查看，在思忖，于是我开车目视前方，这时她就在旁边说："我遇上一个变态。"我说："你别怕，他不会追上来的。"然后她说："他还跟我说话。"我说："这很正常，他不说话你就不知道他是变态了。"她听了之后，语气更加慌张："你多跟我说一会儿话吧，这个人太可怕了。"然后我就跟她说了一路的话……

　　我记得她下车的时候，十分匆忙，而且明显能看出慌张。我想安慰她，也跟着下了车，说"要不然我送你到楼下"，然后就看她没有回头，踩着高跟鞋，想跑跑不了，只能快步走。那个身影我记得，很狼狈。

　　后来我不再问这个问题，因为除了有不适应的女乘客，没有乘客说我车里有味儿。但是后来，我还是在车里准备了车香，原因是我受不了乘客身上的味儿了。

首先是屁味儿。

这件事其实谁也不好意思说，虽然通常车上只有两个人，屁是谁放的谁知道。但是对于我来讲，只能装不知道，尤其是夏天，关上窗户开着空调，虽然空调能把小范围内的气息吹散，让车内整体空间布满气味，同时缓解局部气味的浓度。但是味儿终究是味儿，终究无法全部散去。

这时候我也不能开窗户，感觉挺不给人面子的，因为按下窗户按键的那一刹那，仿佛就是在跟对方说："放就放吧，你怎么不提前说一声儿。"

后来屁味儿闻多了，我渐渐分析出了屁味儿的风格。

一般来讲，屁味儿主要有三个流派。

洋葱屁。这真的是吃了洋葱之后形成的一种味道。

硫酸屁。一般这都是素食主义者放的屁，因为体内缺少油水。这种屁是所有屁里最不好受的，如果屁太浓，我也会不顾及客人的颜面，打开窗户。我想了，如果客人说我不给他面子，我就会说："命和面子哪个重要？您的屁真的能让我窒息。"幸好，没人这么问过。

香屁。其实不是香，而是一种浓稠的臭味。里面加载了各种地沟油，当它们混合在一起的时候，这种味道就产生了。但是这是所有屁里最正常的，就像你从一辆大粪车旁边步行经过。所以渐渐地，我开始享受这种味道，以至于开着窗户闻到这种味道的时候，我会主动把窗户关上。在等红绿灯的时候闭上眼，深呼吸。

除了屁味儿，最常见的还有腋臭。虽然我不确定这个味道是不是来自腋下，也实在不好意思凑过去闻味儿，但是我想起了原来在外国机场买错的一款香水。

我英语不好，当时我只看到瓶身上印着 Perfumed，但是并不认识后面的 Deodorant 是什么意思，以为是香味的一种，闻了闻味道挺淡，觉得买回去可以送人。

为了证实这个是什么东西，我还特意问了一下机场免税店的华人售货员，她说这个不是香水，是面部保湿喷雾，然后还往我脸上喷了一下，让我试了试。虽然当时并没有觉得多舒爽，但是不明觉厉，总之很牛逼就是了。

于是我糊里糊涂地买了这瓶爽肤喷雾上了飞机，上飞机之后，没事儿干，我就用手机里的金山词霸查了查Deodorant，查询结果只有三个字——"腋臭剂"。

所以每次遇到这类客人的时候，我都想冒着差评的危险，给他推荐这个东西，可惜我总是记不住Deodorant这个单词。

再有就是酒味儿。尤其是晚上 11 点之后拉的乘客，基本上身上都带有酒味儿。

其实屁味儿和腋臭都是我特别能接受的味道，即使是硫酸屁，我也不至于真的窒息。唯有酒味，让我恐惧。让我想起多年以前，我家楼上装修，每天早上 8 点电钻准时打眼儿，比闹钟还准，而且周六日也打眼儿，而且也是早上 8 点。

终于我有一天忍无可忍，于是出去找邻居喝了一点儿酒，最普通的燕京勾兑劲酒，搭配的是烤猪腰子。我知道，这么喝一定会吐，于是我忍着，一直忍到了家门口，忍到了电梯来到一层，我没有直接回家，而是来到了楼上装修的那家门口，扶着他们家门边的那面墙，张开嘴，哇哇地吐。我记得他们家门口有一个脚垫，但是我吐完之后清醒了，再看地上，脚垫不见了。

果然，第二天我没有听到电钻的声音，变成了一个妇女在骂街的声音，仿佛使用了她这辈子所有听过的脏话。

我当然知道那种味道有多么强烈，那一摊东西有多么难清理，当时的场面对于他们来说，充满了抗拒和恐惧。面对身上酒味儿浓重的客人，我也有着同样的抗拒和恐惧。通常我会一直跟对方说话，告诉对方这个世界的美好，然后再给他放一首舒缓的音乐，比如舒曼的《C大调幻想曲》。然后告诉对方，如果想吐了，跟我说，我随时可以停车，你吐我陪你。

因为我实在不知道万一他吐了，我到底该不该跟他要钱，如果要钱，算不算乱收费，他会不会投诉我，说我勒索他。你知道，人是理智的，但是喝多了之后，往往不是人。

一、洋葱屁。这真形成的一种味道。的是吃了洋葱之后

一般来讲，屁味主要有三个流派。

二、硫酸屁。一般这都是素食主义者放的屁，因为体内没油水。

XXL #素食 #蔬菜 #生活

6,666赞

三、香屁。其实不是香，而是一种浓烈的臭味。

每当大兴车路过时，我是这样的……

END.

停车生存指南

做一个出租车司机，最重要的一项基本素质是什么？

如果把这个问题抛给乘客，估计答案十有八九是"准时"和"认路"。但是对于我来讲，最重要的根本不是这个，最重要的是肠胃一定要好。想想看，如果你在车上，行至半路，司机突然看见一个麦当劳，踩一脚刹车，然后跟你说："不好意思，我得去拉泡屎。"你会怎么想？

其实对于司机来说，厕所并不难找。至少每个麦当劳肯德基都有厕所，至少每个酒店的大堂一层都有厕所，还有就是每一条胡同里面，都有厕所。所以内急并不是真正着急的事情，让你上火的是在厕所待了 5 分钟，出来之后发现车上被莫名其妙地贴了一张罚单。

说实话，我开车虽然不算规矩，也经常因为着急，右转线直行，或者直行线左转，但是总体来讲，我不会触犯一些特别原则性的东西。或者说，我承认自己有些违章确实不应该，但每一次违章，甚至每一次并线的时候，我基本上都遵循一个原则，就是不让后面那辆车因为我的行为踩刹车。所以连续4年了，一个罚单也没有。

终于在某一天，我的肠胃实在有点儿着急，把车停在了东单北大街，一条以贴条闻名京城的街道。然后在我解决肠胃的事情出来之后，赫然在主驾一侧的玻璃上看到了一张罚单，时间刚好掐在我离开车的第二分钟。说实话，当时我还特意把双闪打开，然后在车的前挡风玻璃上留了一张纸条，写着"内急"二字，但这张罚单还是从天而降，而且贴条速度的迅猛，让你真觉得这张罚单是从天而降。

于是下面就来说说我与罚单之间的故事。

我第一次被贴条是原来住在潘家园的时候。我在那里住了大概两年，一直把车停在路边，没人贴条，也没人收费。突然有一天，就有人开始收费了，如果你是白天停，第一个小时10元，第二个小时起开始按照每小时15元计算；如果你是晚上停，那么一晚上下来，总共只收10元。其实觉得一晚上停车费10元，还可以，并不贵。于是就缴了，就这样缴了几个礼拜之后，突然有一天下楼买水，发现车上被贴了一张罚单。我的第一反应是找那个收停车费的小伙子，问问他怎么回事儿。然后发现，这个小伙子找不到，而且后来的日子告诉我，他再也找不到了。或者说，我再也找不到他了。

我拿着这张罚单去了交通队，一个距离贴罚单地点20公里之外的地方。然后发现这个交通队门口没有停车场，我只能把车停在路边。接下来，排队一个小时，总算轮到了我。到了窗口，我问交警为什么被贴，明明前一天还有人在收费，为什么第二天这个地方就开始贴条了？

警察反问我，那么今天有人收你停车费吗？

我说没有。

警察说，对啊，没人收费了，所以就贴条啊。

我虽然不懂这是什么逻辑，不懂为什么今天没人收费就等同于有人来贴条，但我还是试图跟他用逻辑聊聊这件事。

"按理说，有人收停车费，就是合法停车的一个证明，或者一个象征，但是为什么昨天合法的地方今天就非法了？"

警察说，你怎么证明昨天有人收费啊？

我说，我有发票。

警察说，那么好，你把发票拿过来吧。

我也实诚，那天也正好没什么事儿。出了交通支队，正好是中午12点（留意这个时间），我就先在附近吃了点东西，然后开了20公里，开回家，找到了昨天、前天以及大前天的发票。然后又开了20公里，回到刚才那个交通支队。

我把车停在交通支队门口的路边上，然后再次拿号，再次排队，好在这一次并没有排那么长，只排了 55 分钟。这次窗口换了一个警察，于是我又把自己遇到的事情跟他讲了一遍，出人意料的是，他的回答竟然和刚才那个警察如出一辙，真是好巧。

然后我向他出示了发票，他看了一眼发票，提出了两个疑问："第一，发票上没有日期，没法证明你昨天在同一路段停车的时候，有人跟你收停车费。第二，票据上即使有日期，也没法证明这张发票不是你在其他路段停车的发票，因为发票上没写停车路段。"

警察叔叔说得我哑口无言，我觉得他说的都是对的，就是在这样一个年代在这件事情上，我竟然无法提供一个有力的证据来证明我的冤枉。于是我走出了交通支队，想回到车上想一想，我究竟该如何证明我的清白。然后我就发现了我人生当中的第二张罚单……

那时是 14 点 30 分左右。

后来我知道，贴条的有警察，也有协管，但多数是协管。协管一般都是一个老头儿带着一个老太太，两个人分别骑着没有牌照的电动自行车。

一般情况下，老头儿和老太太早上 6 点就出门，从他们各自的家中，从他们各自老伴儿的枕畔。然后他们先是相约到附近的公园跳操，7 点钟跳完，然后再骑着没有牌照的电动自行车，去所管辖的那条街上吃早点，一边吃一边聊，聊到 8 点闹铃铃响时，开始上工。

他们在每条街上会走两遍，一遍马路这一侧，一遍马路那一侧。贴条的时候，老太太一般是撰文，负责开罚单；老头儿一般是摄影，负责记录每一辆车的"犯罪现场"——车前一张照片，车后一张照片，然后对准贴了罚单的玻璃，再来一张特写照片。与此同时，老太太负责放哨，如果看见车主过来，就向老头儿汇报。摄影老头儿拍完照片之后，撰文老太太会凑上前，一起观赏刚才拍过的照片，把拍虚的删除，拍实的留下。如果不巧，发现都拍虚了，撰文老太太就会主动请缨，与摄影老头儿互换角色。老头儿负责放哨，老太太负责拍照，然后老头儿会凑到老太太跟前，再来一次双人赏照，最后的结果一般是老头儿拍着老太太的肩膀和老太太说一句"行啊，老太太，怪不得你太极学得比我快"，老太太一般是莞尔一笑，笑而不语，有时候也嘴欠，说老头儿太急。

为什么要找老头儿老太太当协管，或者说，协管为什么大多数都是老头儿老太太，是因为你惹不起他们，就算你再怎么有理，他们再怎么胡搅蛮缠，他们依然是弱势群体，真要吵起来，路人一人一口吐沫也能把你淹死，这些唾沫星子里面往往夹杂着四个字，"欺负老人"。

想想看，如果换作年轻人当协管，可能会上演一幕幕"一张罚单引发的血案"。但是换作老人，你再怎么着急，再怎么上火，最后也会客客气气地、点头哈腰地过去说："大妈，您看我就在旁边吃饭呢，实在没地儿停车，要不然……要不然您就帮我把这个消了吧，谢谢您，谢谢您。"

　　可能你这辈子都没有过这样的谦卑。

我骗他们说这是王菲的新歌

　　有一天，我碰到这么一个乘客——不对，应该说是两个乘客，或者说一对儿乘客，但是跟我说话的只有其中一个人。为什么要提到他，因为这好像是为数不多主动要跟我聊音乐的乘客。

　　当然，也可能是我过去放的音乐太极端，别人听不懂。毕竟我在车里不会放"左手右手一个慢动作"，我怕万一听着这歌的时候不小心打开车窗，旁边刚好有个朋友经过，他刚好也开着车窗，然后向我投递"你丫变态"的眼神。

　　所以，像 TF Boys 这种东西我都是回到家淋浴更衣戴上耳机偷偷听。

　　再说开头的那两位乘客。我是从大望路附近的万达影城接上他们的，要去左家庄附近。

他们上车就在聊一会儿要不要去吃串儿的问题，同时余光感知，坐在副驾上的那位一直在看我的中控液晶屏，似乎是在盯着歌手的名字，然后在思忖着"这司机什么来路"。

走到一半的时候，他终于忍不住了，盯着液晶屏上的 Grateful Dead，问我是不是特别喜欢乡村音乐。我当时愣了一下，真的不知道这个话题该怎么继续下去。我不是不喜欢乡村音乐，只是对于 Grateful Dead 的定位，向来都是迷幻音乐，而不是乡村音乐，所以我实在是没法把这两个东西联系到一起。当然，还有一种可能是这样的，他就是在问我喜不喜欢乡村音乐，和他看到的 Grateful Dead 没有任何关系。就像是当年汪峰鲍家街 43 号的那个故事。

这个故事发生在他们第一张专辑的键盘手身上，那个人除了乐队，也有自己的本职工作，是中央音乐学院的老师。那个年代还是推着自行车出入校门的年代，在那个年代当中的一天，键盘老师推着自行车出校门，在门口碰见了他的学生，学生出于尊师重道，问了一声"老师好"，然后又问了一句："老师您这是干吗去啊？"

老师说，自行车的车把坏了，出门打点儿气去。

还有一次，学生在附近的菜市场看到了键盘老师。这一次学生没有问"老师好"，只是在旁边默默观察老师，老师问一个摊主"黄瓜多少钱一斤"，摊主说一块五。"那好，我来二斤西红柿。"

在我车上那哥们儿感觉和键盘老师差不多，因为思维跳跃，于是言简意赅。

所以我们就在车上聊起了音乐。当然，我多么希望旁边坐的是一个妙龄妙颜女子，那样的画面可能稍微浪漫一些。

他说他从小看《轻音乐》，我说《轻音乐》做这么多年，陈贤江（耳东）做主编的时候，《轻音乐》最酷。还告诉他我并不讨厌乡村音乐，但是乡村音乐的领域我不去研究，因为关于乡村音乐的一切，中国有另外一位大哥更熟悉，他叫黄烽，原来是周迅的经纪人，是研究美国乡村音乐的中国大拿。还跟他们推荐了黄烽老师的日料店。

至于我的故事，我跟他介绍了一下坏蛋调频，跟他说了说我们的经典难逃，又和他聊了聊 Grateful Dead 和花童的故事，讲了讲唐朝乐队第一张专辑的制作人方无行老师当年置身美国，跟着 Grateful Dead 去巡演的故事。

当然，这些故事他都不感兴趣。他只告诉我，他没听说过坏蛋调频，只听说过糖蒜广播。

但我并没生气，能跟他聊这么多，他比其他在车上留意到音乐的乘客好多了。

再说回到车上放歌的事情。

虽然我知道在车上放爵士乐肯定没错儿，无论白天晚上，都不会有客人为此投诉，但是我还是比较顽皮的，老想看看乘客们的底线到底在哪里。

于是我就把实验音乐带到了车上。

有一次，放的是一个英国人做的印度冥想音乐。车上的客人是一个广告公司的老板。没等他开口，我就先问他，空调和音乐合不合适？他说非常好，我特别喜欢你放的佛教音乐。我说这不是佛教音乐。本来想跟他说这个音乐的来源，但是突然想起了窦唯前些日子戴墨镜在地铁上的照片，于是骗他说，这是窦唯后来做的音乐。老哥瞬间就变得不一样了，一个劲儿用"卧槽"表示他的激动，然后跟我讲他买过黑豹第一张的港版 CD，还买过一张窦唯的黑胶，问我这张专辑哪里有卖。我给他指向了一个平安里的中国摇滚唱片专卖店。

还有一次，车里放的是一个实验歌剧女声。上来两位女乘客，超短裙，均为裹臀款，一边闲聊，一边抱怨音乐太糟太难听。

然后我告诉她们，这其实是王菲最新的作品，她退出歌坛之后一直在琢磨未来复出做什么样的音乐。想了半天，觉得原来的音乐局限性太大，是属于市场的音乐，至于自己本来就是一个品牌，所以完全可以做一点儿不一样的东西。她这些年深居简出，除了带孩子，就是学歌剧，就为了做这么一张实验的作品，不为别的，只为起范儿。做到人无我有，人有我独。

当然，这样的故事还有很多，我都把他们安到了国内明星身上。比如放黄耀明的时候，我告诉客人这是黄晓明的粤语专辑。放 John Zorn 的时候，我告诉他们郎朗终于放弃了李斯特，改玩儿犹太音乐挖掘工作。还有放 Tom Waits 的时候，告诉他们这是袁泉最喜欢的欧美男歌手，当年出的小清新在她看来根本不是玩意儿，她一直想像斯嘉丽·约翰逊一样，做一张 Tom Waits 的翻唱。每次放那样的歌讲这种故事的时候，结尾一定是"人无我有，人有我独"。

当然，说这话的时候必须有节奏，不能一口气说完，必须等她们快到目的地的时候，说出来那句"人无我有，人有我独"。因为她们接下来一定会问："你怎么能拿到王菲的最新歌曲？"

一旦她们问我，我可能就不知道该怎么往下编了，所以正当她们提出这个问题的时候，就到了她们要去的酒店。

"有缘咱们等下回哈，我告诉您这音乐是怎么来的。"

计上心头

　　有一天，我没有拉活儿，而是为家里的事在外面忙活了一天。正要准备回家的时候，突然飘来了小雨，然后我打开手机，打开天气预报，看了看未来几小时的降雨状况，就没回家，在前面路口右转再右转，重新开回了城里。

　　我要确认一下接下来几个小时是不是一直都下雨，以及这雨是毛毛细雨还是瓢泼大雨。

　　因为只有下雨的时候，才好拉活儿。

　　这两个人是我在荷花市场接上的，时间大概是晚上12点半。说实话，如果她们标明的上车地点就是荷花市场的话，我可能不会接这单，因为晚上12点半从荷花市场出来的人，基本上都是喝多了的。

在讲乘客的故事之前，我想先描述一下荷花市场。

这里曾经是北京文化骗子的聚集地，更早之前，是北京西城区小吃一条街，我最早吃灌肠，就是在这里。

当时我住在厂桥，那会儿人们还没有这么忙。下午5点准时下班，然后不直接回家，而是去菜市场买菜，5点半左右准时到家，6点准时吃饭。伴随着田连元在北京电视台播讲的《小八义》，一家人一起吃饭，场面其乐融融，天天合家欢乐。

但是后来不知道为什么变了，在我印象中，这种变化源自一个节点。当时北海的水被放空了，因为北京市政府要清理湖泊当中的淤泥：具体做法就是把湖里的水抽干，在湖底铺上一层瓷砖，然后再把水重新放到湖里，这样湖水就干净了，就清澈了，再游泳的时候就不怕有人被水草缠住了。与此同时，也不怕那些垂钓的老头儿了，因为水里自此之后没有鱼。

　　据说当时挖出了很多稀奇古怪的东西：避孕套、可乐瓶、电磁炉、钢铝盆、煤气罐、子弹、手枪、手榴弹、迫击炮、标枪、铁饼、铅球，当然，还有不少尸体，以及骷髅。所以那段时间是北海公园月票销售最好的时候，人们一大早就起来去北海公园，看看今天能从湖里捞出什么玩意儿。我当时也是凑热闹的人之一，和我姥姥姥爷一起。

　　在众人当中，总能看见那么一个抱头痛哭的老太太。后来一打听才知道，据说是孙子多年以前失踪了，一直找不到，早上挖湖清淤的时候，从泥里找出一具尸体，据说就是她的孙子。于是她抱头痛哭，为了冤屈的灵魂。然后就有许多好心人，往她面前放东西。有的人放钱，五毛一块的，也有的人干脆就把刚买的秋栗香栗子放到老太太面前，也不知道该怎么安慰，就说："大妈，您别伤心，吃点儿栗子，润润嗓子。"

　　后来，这个老太太天天都来，天天都哭。再后来，这样的老太太越来越多。

与此同时，挖出来的还有大鱼。因为长年无人捕捞，再加上北海公园管理处的工作人员认真负责，很好地杜绝了老头儿们钓鱼的现象，所以水里的鱼任意地自由生长。据说最大的一条跟一辆帕萨特似的，但是我们家没赶上，最后只买回了一条三轮车大小的草鱼。

为此，我们家购置了一个冰柜，因为那条草鱼整整吃了一个月。

哦对，还有淤泥。那些淤泥哪儿去了呢？

你可能会发现，在鼓楼的三岔路口的东南角，一直有一片空地，现在好像还有。那片空地就是淤泥的去处。你可能还会发现，鼓楼东大街和西大街上经常会有大货车经过，那些大货车就是拉淤泥的。后来挖过淤泥之后的十几年，北京的胡同就开始了不断地危房改造，与此同时，有些胡同也拆了盖楼。之所以危房要改，楼房要盖，都是为了解决那些淤泥。

被改造的除了胡同，还有后海河畔。西海公园里面的三叉戟飞机没有了，荷花市场也不再是小吃一条街，而是变成古玩一条街，据说是因为后海是文人雅士文化聚集地，小吃之类的饮食文化难登大雅之堂。

我不具备古玩店的消费水平，但我去过当中的一家店，名字忘了，原因是给一个叫姚林的吉他手送去一张Michael Bolton的唱片，因为姚林他爸是一个古玩生意人，那时候没有快递一说，他爸的古玩店就是他的收发室。

后来，姚林参与了一张"注明"专辑，唐朝老五刘义军的《再渡归来》，这张专辑之所以"注明"，是因为老五忘了注明"渡"字在专辑当中的含义，以至于很多人在那个年代写这张专辑乐评时，一上来就帮忙纠正错别字。

再后来，荷花市场古玩一条街也没落了，据说是没有货源了。于是，荷花市场就变成了今天的酒吧餐饮一条街。印象中刚刚形成酒吧餐饮街的时候，最有名的酒吧叫蓝莲花。老板最初是因为喜欢《丁丁历险记》，所以取了这个名字，但是后来，许巍唱红了一首《蓝莲花》。再加上有一段时间，许巍的采访里经常提到后海，经常提到他在后海遛弯儿的故事，所以很多人就把蓝莲花酒吧当成了许巍的买卖。

其实许巍很无辜，蓝莲花酒吧开业的时候，许巍正处于事业低谷，他当时的确是想开一家店，只不过不是酒吧，而是小卖部，而且地点不是在后海，甚至不是在北京，而是在西安老家。

只不过，这些故事对于那天上车的两位喝醉的女乘客来说，都是陌生的故事。因为那天的路途太短，我没来得及给她们讲这些故事。

继续说那两个喝多了的女乘客。

刚才说到，如果是在荷花市场叫车，我基本上不太想拉，尤其是 12 点以后，基本上都是喝多的。不怕别的，我就怕吐我车上。因为一旦车上有了那个味道，就必须清洗整车内饰，北京最便宜的价格也要 800 元。但是如果问乘客要这个钱，说实话，我不知道合适不合适，当然，更大的实话是，人家愿不愿意掏钱。

但是，事情很巧妙，我手机上提示的上车位置不在荷花市场，而是荷花市场对面的恭俭胡同，那是北海公园边上的一条小巷子，理论上进不去车，但我开到胡同口，往里看，确实看见了几辆车。应该说，北京因为胡同的存在，锻炼了许多人的车技，这种车技一般体现在停车方面，你看上去停不了车的地方，在胡同老哥看来空间无限。

当然，到了恭俭胡同的路口，我想的不是停车的问题，而是问问乘客能不能溜达出来，因为我确信我能开进胡同，但至于能不能开出来，我十分怀疑。

于是我就给对方打了一个电话："我到胡同口了，您能不能溜达出来，因为这个胡同我确实比较难往里开。"

"师傅啊，我们已经在路边了。"乘客说。

路边当时停了几辆大巴车，是长期"贩卖"游客的那种。

因为女乘客说她们就在路边，但我却没有在路边找到她们，所以我想到了那些三轮车夫，心想会不会是三轮车夫把她们带走了。要知道，喝多的女性什么都干得出来，再加上如果是一个三轮车夫半夜在家心痒痒，出来冒充司机捡走了喝多的女乘客……

想到这儿我就不敢再想了，因为我这人胆儿小，越想越害怕。然后就又给对方打了一个电话。当时时间已经过去很久了，按理说对方应该已经该埋怨我了，但是她们并没有，反倒是用飘忽的语气问我在哪儿。我说我在恭俭胡同门口，你们在哪儿。她们说不知道恭俭胡同，只知道自己刚从荷花市场出来，正站在路边。

这时候我明白了，定位有偏差。我告诉她们稍等3分钟，我到前面地安门路口掉一个头。于是我打着双闪，让她们别挂电话，同时留意路中央，看有没有一辆打着双闪的车。就这样，我们彼此看见了对方。

上车之后，车往西开，二位去宣武门附近的一个小区。

两个人上车之后没闲着，坐在副驾的姑娘在给另外一个男的打电话，大概是约对方吃夜宵，对方大概说自己正在家啃鸭脖子，问她们要不要去他家。然后这位姑娘说考虑考虑，就把电话挂了。

然后我就多嘴问了一句："您是不是还要去别的地方，还是按照您指的路线直接去宣武门？"

副驾姑娘没说话，扭头问后排姑娘："你想去找他们啃鸭脖子吗？"

酒喝多了之后，人就容易聊心事儿。所以，后排姑娘答非所问："我觉得我半夜要想吃东西，我老公就不会买好鸭脖子在家等我。"

副驾姑娘明显顿了几秒钟没说话，估计是不知道该怎么往下接，于是后排姑娘接着说："北京男孩都太坏了！"

副驾姑娘估计是听出了我的口音，赶紧劝后排姑娘："哎哎哎，车上不止咱们两个人好不好！"

我说："没事儿，说吧，北京男孩确实太坏了。"

后排姑娘说："哎哟，师傅，您已经出柜了？"

我说："不是，我不够前卫，还只能是异性恋。我的意思是说，我就是北京人，我就特坏。咱们可以一块儿聊聊北京男孩的混蛋事儿，看看我坏还是您老公更坏。"

后排姑娘说："师傅，我没别的意思，我就想问您一下，您开出租是为了什么？"

我说："就是为了深夜拉上你们这种喝多的姑娘。"

后排姑娘赶紧拍副驾姑娘的肩膀："你看看，你看看，我说什么来的，现在深夜出来开出租车的帅哥都是为了泡妞。"

副驾姑娘安慰后排姑娘："人家师傅是开玩笑呢。"

还没等我说话，后排姑娘就带着哭腔说："微信上天天有人发，说深夜出来开车拉活儿不是为了赚钱，就是方便泡妞，问乘客能不能把自己带回家。"当然，她并没有哭出来，只是哭腔，强调的是抱怨以及埋怨。

我问："您老公也经常半夜出来拉活儿吧？"

后排姑娘说："对，每天晚上都不回家，非得说赚油钱，我看他就是想泡妞。"

我说："那我帮您出一个主意吧。"

后排姑娘兴奋了，感觉兴奋之后，她的酒也醒了不少："快说快说。"

我说："首先，有一个先决条件，就是您得会开车。"

后排姑娘说："我会。"

我说："那就好办了。您如果跟您老公说，用他的账号也试着去接接单，您觉得他会同意吗？"

后排姑娘说："他敢不同意！"

我说："那么您把他的账号要过来，说自己也体验几天，理由是看他开得这么上瘾，肯定特别有意思，自己也想体会一下这事儿到底有多好玩。"

后排姑娘说："那我真去拉活儿啊！"

我说："哎！听您这语气，好像瞧不起我们开出租车的？"

后排姑娘说："没有没有。"

我说："跟他这么说，不是为了让您去拉活儿，而是为了毁他，让他从此之后拉不了活儿。我们用软件的审核门槛虽然比较低，但是对司机日后行为的监控比较严格，比如您如果辱骂乘客的话，那么势必会遭到投诉，多来几回，我觉得后续处理起来，基本上您老公的账号也被封掉了。"

后排姑娘说："太好了，那具体怎么做？"

我说："下载一个软件司机端到您自己的手机上，然后用您老公的账号登录，点击上线。这件事不一定在车上完成，在家里、在公厕、在咖啡馆里都可以。点击上线之后，估计用不了 10 分钟，手机就会响，您点击屏幕，就会进入另外一个页面，这就代表您现在是接单成功的状态。这时候，手机上会显示对方电话，您打过去，如果是女的就骂。"

后排姑娘听到之后，显然更加兴奋，而且感觉酒精瞬间从体内挥发了一大半，紧接着问："如果是男的呢？"

我说："那也接着骂啊！"

后排姑娘说："这样是不是太狠了？"

我说："就得往狠了骂，要不然达不到被投诉的效果，怎么人身攻击怎么来。人家听了之后肯定投诉。我估计多来几次，您老公基本上也就崩溃了，也不能拉活儿了。"

这时候，到了她们要下车的小区门口，沉默许久的副驾姑娘问我："您怎么对这些事儿特别在行啊？"

然后我拿出手机，从照片里翻出一个二维码，让她扫了一下。"这是我的公众账号，叫坏蛋调频，至于原因，

您关注这个微信公众账号就可以，到时候会通知您我的
出书时间，答案书里找。"

钓
鱼

虽然我开的是出租车，但着实被一个非常熟悉的专车司机哥们儿的神奇经历所深深吸引。

"如果你今晚叫专车叫不到，原因就是这个：惊雷行动进入高峰，全北京市封查专车、黑车、套牌车辆！群里所有人明天别出去拉活儿了，今天晚上截止到凌晨两点。凌晨北京全市联合执法出动，明天钓鱼方式是叫单钓鱼！大家明天全部停止接单！明天目标3000辆！这次打击力度非常大。"

某天晚上，这个哥们儿在微信朋友圈里发了这么一条消息。很多人的回复都是一个字，"啊"，表示惊讶，表示难以置信，表示不能理解。

是的，自从他开专车之后，一直担心被抓。

每当遇到这种不知道法律应不应该管的事情，他总是想起马丁·斯科西斯电影《好家伙》当中的一句独白——保罗存在的意义就是保护那些不被警察保护的人。

可惜这哥们儿是个调皮的人。

被钓的地点在八里庄派出所附近。那天晚上他在大悦城附近等订单，看看有没有10点之后出来的商场顾客。然后手机上突然跑出来一群非常奇怪的订单，订单上显示的上车位置都是东八里庄的苏宁门口，而且没有下车地点。如果，这样的订单只有一个，那么很正常。但是，当十几个这样的订单一起出现，而且都是"可能要代客人充值"的非信用卡用户时，这事儿就值得怀疑了。

于是思忖了一小下，考虑了一下应对方案，这哥们儿决定接单。对方随即选了他的车，于是发生了如下的对话，以及他的心理活动：

"你好，我在八里庄苏宁门口，你过来接我吧。"

其实一般乘客不会这么说，首先不会用"你"，而是用"您"。而且一般乘客接到电话的时候，都会先问一句："您是某师傅吗？"这才是一个正常逻辑，虽然客人当时是在等车，但是他也没法确定来电的这个陌生号码就是即将前来的专车师傅，除非你等的只是他，摩拳擦掌恭候他多时。

"OK，您稍等，我马上过来。"

到了苏宁门口，有十几个人都站在路口，他们之间好像很熟悉的样子，而且并不像正常打车的客人那样，使劲往道路中央踅摸。没错儿，就是他们，哥们儿心中暗想。

一个中年男子拉开车门上了他的车，他并没有问对方去哪儿，而是先开出了 300 米，甩了对方的"同伙儿"，然后才问："您好，您去哪儿？"

"你就沿着朝阳路一直往西开吧。"这句话让我哥们儿更加确定对方是钓鱼执法的，一般人上车了不会这么说，除非这是一个刚失恋的人，并没有明确目的地，只是想在车上兜兜风，抽两根烟解解情愁。

于是我哥们儿先开口："您说吧，去哪个派出所？再往前走有团结湖派出所和呼家楼派出所。"

对方愣了。不过不愧是老警察，表现得很淡定，面无表情地说了一句："你就往前走吧。"

到了下一个红绿灯边上，我哥们儿把车停下，拿出手机，给对方看了一眼他接到的那条关于"惊雷行动"的通知，然后看了看对方。没等说话，他先问："您是八里庄派出所的吧？"因为那个苏宁旁边就是八里庄派出所。"我刚才接单的时候就看出来了，我平时基本不出车，接到这个通知后，特意出来的，想跟你们认识认识。"

"你就住这附近吧？"对方先无奈地笑了笑，然后问他。

"对啊，买的二手房，上一个房主就是你们'八派'的老张。"其实根本就没有这么回事儿，但他知道派出所分房的政策，而且姓张姓李姓王的都是大姓，这派出所肯定有一个姓张的。

"哪个老张啊?"对方接着套他的话。

"我忘了叫什么了,他媳妇原来是一个模特,长得挺好看的。"其实根本就没这么回事儿,但一定要说得有鼻子有眼儿,给对方造成一种幻觉,肯定是有这么一个人,只是对方对自己同事不太了解。

"老张,媳妇是模特……"对方嘴里一直念叨着这个。

我哥们儿立即转移话题:"这次怎么回事儿,干吗这么大阵势啊?"

"最近接的任务。原来也查,但就是说说,没这么查过,说是现在专车太猖狂了,连直升飞机都能叫,得管管。前一阵儿还抽调我们去查大车和套牌儿的,估计是现在酒驾的少了。"

然后我哥们儿就跟他讲了一大堆市场经济的原理以及市场需求的道理。通常老警察都比较好说话,而且看你也是本地,所以不会计较。但我哥们儿这个经历估计会成为八里庄派出所日后一个礼拜的插曲。老警察听了他说的，也明白，也同意。

然后我哥们儿说了一句至关重要的话："我现在把服务给您先停了，一会儿您也别给钱啊，您一旦给我支付了，我拉黑活儿这事就成立了。您不给我钱的话，这事儿还不算。"

说这话的时候一定要是开玩笑的语气，假装自己已经和对方成了朋友。

说完这话，对方也乐了："你要不然还给我放回'八派'那口儿？"

"得嘞，但我就给您放路南了，您自己过个马路，因为我往东走。碰上您我也就心安理得了，给您放下我也就往回颠儿了。"其实我哥们儿是担心给他放路北之后，他一招手，让他兄弟们集体围堵给办了。

把老警察放下之后，哥们儿自己惆怅地兜了兜风，听着音乐，抽了几根烟，颇有成就感地踩下油门：测试结束，收工回家。

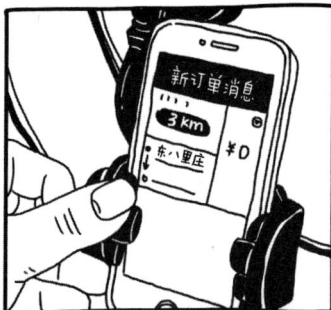

咱们再约

　　自从开了出租车之后，我身边有很多人关心我的生存状况，一方面是问拉活儿能赚多少钱，一方面关心我在车上的私生活，尤其是看到很多现在的司机师傅们拉活儿之余，顺带总能搞出点儿"绯闻"，通常他们看到诸如此类的新闻之后会发给我一个相应的截屏，然后发来一个笑脸。这个笑脸代替了他们想问又不好意思说的一句话："你是不是也出于这目的才去开出租车？"

　　我一开始没这么想，但问的人多了，反倒提醒了我。我现在真心觉得，这个东西社交的意义比一单活儿挣多少钱的意义更大。

　　一个美国的印度阿三，做珠宝设计的，就通过拉活儿实现了每年25万美金的收益。当然，这个收益不是通过拉活儿赚来的，而是把自己设计的一些珠宝样品放在了车上，看到女乘客就问她结没结婚，是否单身，做什么工作，出入的场合是否做作，然后就拿出一件珠宝样品……遇到男乘客，继续问他结没结婚，是否单身，太太什么工作，出入的场合是否做作，然后再拿出一件珠宝样品……如果遇到乘客是一男一女，他就问他们什么时候结婚，是否订了珠宝首饰耳环项坠……然后他没有拿出珠宝样品，因为这两个人正赶去拉斯维加斯旁边的Reno办理快速离婚。

所以说，未来的社交很有可能不在高尔夫球场，而是在车上。一对一的社交要好过群体社交，我记得原来上学的时候，看过一本闲书，大概讲的是美国候选总统怎么让自己助手帮忙拉票的故事。这个助手去了一个高尔夫球训练营，参加其中的大概有20个人，这些人要出去住两天。白天打球，晚上洗澡。洗澡的地方是一个公共浴池，所以这位助手每天洗 8 次澡。每当一个陌生人走进澡堂子的时候，他就跟进去，在一对一的空间里，他可以毫不避讳地说出自己的想法。通常，在没有第三方的情况下，对方也不会被打扰，会更加认真地聆听。陪这个人洗完之后，助手马上穿好衣服去门外的草坪里滚两圈，把自己弄得脏兮兮的，然后再回到澡堂子门口，等着下一个走进澡堂子的人。

虽然这个故事看起来有点儿恶心，有点儿世俗，但故事背后也讲了一个不恶心的道理：单独社交的成功率一定大于群体社交，就算我们在一个群体社交的场合结识了某人，谈到了某个项目，最后的结尾也只是一句"那好，咱们再约，到时候细聊"。

但是这种"再约"就不知道要约到猴年马月了。我们经常和好久不见的朋友在微信上说"这礼拜约饭"，但是吃上这顿饭，可能已经是两年之后了。但是在车上，其实就提供了这种即时的一对一细聊空间。但是这种社交也有相应的技巧。

以下是我这些天总结的一些经验，如果你也有这样的社交需求，那么也许对你有帮助。

首先，客人不说话，你尽量别说话。我就是因为多嘴，得到了迄今为止的第一个差评。那么问题来了，什么行为才能让客人主动开口？答案很简单，你得好好把自己的车给收拾一下，从里到外，干净整洁。这样的话，他们上来之后，很有可能会感叹一句，"你的车真不错啊"，然后你在回答的时候，就可以把自己做司机师傅的缘由以及自己从事的职业或者呕心沥血的事业告诉他们，也许你们当中就有交集。事实上，我觉得所有行业都有交集，就像清醒乐队那首歌唱的一样，"猴子大象贝肯鲍尔乔治布什其实都是一"。

其次，车内的音乐尽量是爵士乐，而且是那种没有人唱歌的爵士乐。为什么这么说？因为爵士乐的节拍不规律，听上去比较随意（当然，做音乐的人可一点儿也不随意），适合一起一停的北京交通，是最适合聊天的一种音乐。我最近在车里放的一直是窦唯和不一定的《期过圣诞》。在这里说一句题外话，我觉得窦唯在不说话之后做的东西真心老少皆宜。

再次，所有的服务都出于无形。记得有一年，大卫·芬奇拍了一个《社交网络》，九寸钉主唱做的配乐，后来这个配乐好像拿了一个奥斯卡。于是我为了这个配乐，又把电影看了两遍，结果和第一遍看的时候一样，基本上没有发觉配乐的存在。其实配乐在电影当中是为视觉服务的，而最好的服务不是来自海底捞，而是一种无形的、不被打扰的服务。所以我后来不会为乘客递水，也不会给他们开车门，只是在上车之后问他们一句："您觉得空调和音乐是否合适？"

关于无形的服务，我看过日本作家松浦弥太郎写过的一篇文章，是说他去一个怀石料理吃饭，感觉周围有一只苍蝇，然后就跟服务员反映了这个情况，服务员只说了一句"我来想办法"，然后就走了。然后见他什么也没做，但是紧接着，松浦弥太郎发现苍蝇没有了。他很好奇，明明服务员什么都没做，怎么苍蝇就没了呢？结账的时候，他问服务员为什么，服务员说您讨厌苍蝇是因为不想被打扰，如果我用苍蝇拍或者杀虫剂，势必会打扰到您，于是我就把没有座位那一侧的窗户打开，然后把冷气开到最强，用风把它赶了出去。

END.

深夜，如果一个乘客住在八宝山——

　　我们都知道，石景山那边有一个著名的坟场，也是著名的火葬场，叫八宝山。

　　我开车拉活儿之后，很多朋友都问我："跟我们讲讲吧，开车好几个月了，泡了几个女乘客啦？"

　　说实话，我一直觉得那些通过拉活儿而有什么艳遇发生的故事都是假的。反正我开了一年车，从来没碰上过，好不容易有一次女乘客下车的时候叫我上楼喝杯茶，结果故事还是这样的：

　　有一天晚上，11点多了，从四惠接到一个活儿，往石景山那边去。

　　上车的是一个女的，穿着一身红色连衣裙，艳红艳红的，而且包身包得特别紧，衣服褶儿紧贴着肉，非常动人，踩着一双黑色的高跟鞋。

而且我接上她是在四惠地铁站的后面，壹线国际和远洋天地之间，有一个从上面走下来的台阶那个位置。

当时她还特意给我打电话，说那天下雪路滑，她穿的是高跟鞋，让我下车去台阶上扶她一下，怕摔着。

我一听是一个大姑娘的电话，我就没有犹豫，作为一个助人为乐的人，我很爽快地答应了。

然后我就在台阶上面等她。没多一会儿，她从黑夜当中出现了。因为她之前跟我形容了她穿的什么衣服，即使是在黑夜，分不清红色的黑夜，她的红依然很艳丽很耀眼，我一眼就看出了是她。

然后就问了一下，是不是董小姐。董小姐说自己是董小姐，然后随即把手一伸，那意思是让我牵着她的手。

　　董小姐的美貌这里就不多形容了，反正长得不错。

　　我本来挺高兴的，能摸摸董小姐的手，但是一摸我吓一跳——手冰凉。

　　后来我转念一想，也正常，毕竟天冷，董小姐穿得又少，手冷很正常。

　　然后我就搀扶着董小姐下了39级台阶，来到我停车的位置。

　　把董小姐小心翼翼地扶上了车，董小姐说了一声"谢谢，您真好"。

　　当时我就觉得，董小姐的声音有点儿飘忽，非常迷幻，宛如天籁一般。

　　然后我问董小姐，您去石景山什么地儿。

　　董小姐没说去什么地儿，她只说了一句，沿着长安街一直往西开，我给你指。

　　我说，董小姐，您可以告诉我您小区的名字。我这里有导航，直接导到那里就可以，您就不用劳神看路了。

董小姐这时候看了我一眼说，你哪儿那么多废话啊，沿着长安街开。

然后我就不敢说话了，但是心里在说，董小姐，您不会有凶器想打劫我吧？

但是不知道当时为什么，很神奇，我竟然把心里想的话给说出来了。

董小姐乐了，让我看她，然后我就看她，她一脸惨白，比范冰冰还白。看得我有些入迷。

正看着呢，董小姐突然说了一句，看够了吗？我抢你？你看看我身上有兜吗？

我一看，果然，大红连衣裙，哪儿有兜啊，手机都是在手里拿着的。

我说得嘞，董小姐，咱们就走长安街。

然后我就从四惠桥上了长安街，遇上的第一个红绿灯是在永安里。

　　在路口等红灯的时候，我当时就觉得有点儿不对劲儿，因为我感觉车在颤。

　　我原来遇到过这种情况，这是在忘了放手刹的时候，这时候开车，车会颤。但是我当时停着呢啊，怎么也颤啊。

　　不会是车出什么问题了吧。

　　"每次一到这个路口，我就觉得颤抖。"董小姐这时候突然说。与此同时，我也感觉到了震颤，不是心在颤，而是车在颤抖。

　　我简单地嗯啊了几声，继续往西开。

　　然后下一个要等红绿灯的路口是东单路口，我停下了，发现依然在颤。我当时真的有点儿害怕了，以为董小姐可能会跟我说什么。然后我就看了董小姐一眼，没想到董小姐这时候也朝我这里看了一眼。但是这一次，我看董小姐的时候，她并没有惊讶，还是往我这个方向看，后来我才留意到，董小姐其实看的不是我，而是旁边的东单体育场。

　　我心说，董小姐看什么呢？而且这一次我真的是在心里说的，没有出声。

　　这时候董小姐发现了我在看她，说："哦，你问我看什么呢，是吧？哈哈，原来我男朋友老在东单体育场踢球，结果后来有一次踩了个球车，后脑勺着地，摔死了。"

　　我发誓，我当时真的只是心里想，绝对没有说出口。

　　"每次走到这个路口，我的心都在颤。"还没等我说话，董小姐接着说。

　　这时候，我也感觉到了震颤，不是心颤，而是车在颤。

　　在接下来的路程当中，我尽量控制速度，以此避开红灯。我怕董小姐又在等红灯的时候想起什么，怕她的心又颤，因为她的心一颤，我的车也跟着颤。

　　就这样，我成功地路过了天安门，路过了中南海，路过了西单，但是被堵在了民族宫。

天啊，又是红灯，董小姐的心。

于是我极力不看董小姐，只是朝前看，朝着红绿灯看，焦急地等着它变绿。

"喂，"我的肩膀被什么东西拍了一下，一看是董小姐的手，"你发什么愣呢？"

我赶紧摇摇头，说没有。董小姐笑了，笑得婉约，笑得阴柔，然后用柔弱纤细的嗓音问我："你哪年的啊？"

真的，纵然这是一个可以让人胡思乱想的问题，但我也已经不敢胡思乱想了。

"84 年。"

"那你应该知道那件事。"董小姐柔弱纤细的嗓音当中带有一丝丝的伤悲。

"什么事儿？"我已经能明显地从我的声音当中听到颤抖的感觉，再加上我又一次感觉到了车子的颤动。

"当年斜后方有一个酒吧，叫五月花。"董小姐说。

"我知道，有一个叫陈涛的歌手就是从这里出来的，后来他改名了，还有一个组合，叫羽·泉。"

"对，我父亲原来就和他一块儿在这里唱歌，年长他几岁。"

"哦。"因为除了这个，我也不知道该说什么好了。但我知道她说下一句话的时候，他父亲肯定也出事儿了。

"我父亲家里有钱，但是就喜欢唱歌，家里人怎么劝都没用，老说他不争气。但是再怎么说他骂他，也是自己家孩子啊，所以当时为了让我父亲出入各种场合的时候有面子，结果就给我父亲买了一辆特别好的车，比当时五月花老板的车都好。"

"然后您的父亲就被劫匪绑架了对吧？"虽然这句话加了引号，但这也不是说出来的，而是我心里想的。真的真的，我绝对没说。

结果这时候董小姐说话了："然后我的父亲就被劫匪

绑架了，结果家里把赎金给了，给了 100 万。劫匪拿到钱之后，家里人就接到电话，说我父亲太牛逼了，让家里再给 100 万，然后告诉家里人，父亲埋在哪儿。"

这时候你肯定知道董小姐要说什么了。

"每次走到这个路口，我的心都在颤。"

这时候你肯定也知道我想说什么。对，这时候，我也感觉到了震颤，不是心颤，而是车在颤。

然后这一路，我进一步控制车速、控制节奏，以至于我完全不顾及董小姐的感受，不担心她问我为什么开得这么慢，然后又突然开得飞快。

于是这一路，一直过了五棵松桥，我和董小姐都没有对话。但是过了五棵松桥之后，我觉得再不说话就永远说不了话了，于是赶紧问了一句："董小姐，咱们已经过了四环了，接下来咱们怎么走啊？"

"往前。"是的，董小姐就说了这两个字。

"董小姐，您不会是要去八宝山吧？"我发誓，这绝对是我心里想的话，但不知道为什么，却眼睁睁地看着这句话从心里跑到了嘴边，再从嘴边跑到了董小姐的耳朵里。

"哎哟，王师傅，您怎么知道？"

卧槽，她怎么知道我姓王啊。

以及，天啊，她真住八宝山！

一路上我不再说话，终于到了八宝山革命公墓的路口。她让我右转，那是一条不太平坦的路，我白天曾经来过，虽然晚上看不清，但我知道两边的店基本上都是在经营寿衣花圈。

再往前开，就是八宝山烈士陵园的大门，但是董小姐一直没有让我停车的意思。然后就在开到陵园大门的时候，董小姐说自己就在这里下车。

临下车的时候，董小姐还说，师傅您真好，都这么晚了，我看您也挺累的，我到家了，您要不要跟我上来坐坐，喝杯水再走。

这在平时绝对是艳遇，但是这时……

"还是算了吧，家里老婆孩子都在家等着我回去呢。我答应儿子了，回家的时候给他带一份儿麦当劳的开心乐园餐，他说想要里面的玩具。"

"那行吧，那您辛苦了，王师傅。我会给您五星的。"

给不给我五星没关系，你别再加上花圈就行。

但是这句话我没说出来，我说出来的是一句故作镇定的"谢谢您"。

"您从这里掉头沿着原路回去就能上长安街。"

天啊，说什么？掉头！

于是我就掉头，掉头回到了长安街。到了长安街上，我第一件事就是摸了摸头，头还在。然后我又开灯从后视镜里看了看自己，头真的还在。但是就在这时……我又感觉到了震颤，不是心颤，而是车在颤。

阴魂不散啊。

于是我赶紧看周围，周围没有董小姐。正当我回首想要继续向前走的时候，我发现了路边地铁站，有一个短发人正在锁地铁站口的栅栏门。

加了糖精的焦糖玛奇朵

从开车到现在，也拉过几百个客人了。除了从前那个中关村的 IT 男，还有几位乘客给我留下的印象比较深。

这次说一位女士，我将其称为"身体乳大姐"。大姐是在一个月前的某一天，晚高峰时期上的车。我当时开到工体南路，把一位乘客放在塞万提斯学院，然后我的司机客户端就爆掉了，所谓爆掉的意思，就是根本没法点击接单。可能是因为那天下雨，再加上晚高峰，所以 3 公里之内叫车的人特别多，多到一秒钟两个，于是手机屏幕当中的订单接连蹦出，再加上安卓手机的触屏真心有点儿慢，所以当我想要点击一个距离最近的订单时，另外一个订单就蹦出来了。于是手机就错乱了，就不听使唤了。我估计它当时也在想，我是应该给王师傅这个订单呢，还是应该给王师傅下一个，不好，又来了一个订单。当它在多者选择其一的时候，就凌乱了，就不知道该给我哪个了，仿佛这部手机真的是在给我计算哪一单对我来说最划算。

后来果不其然，它给我了一个非常划算的订单。从朝阳门桥附近的丰联广场，到距离我家非常近的华纺易城。这条路又长又堵，对我来说不是等候时间可以cover有钱的问题，而是路上预计要40分钟，该跟客人说些什么。

我到了丰联广场的地库，等了她差不多20分钟，她才拎着一个大口袋从商场里面徐徐走来（后来车上聊天才知道，怪不得她姓徐，看来是有道理的）。上了车，我照例问她空调是否合适，音乐是否中听，她都点点头，但是也没多说什么。我想，这一路可能会是寂寞的、沉闷的一路。

　　但后来的事实告诉我，我想错了。大姐是我迄今为止遇到的客人当中最活跃的一个，不仅动口，而且动手。

　　大姐表现出活跃的一面，是在我刚刚车行1公里左右的时候。东大桥的红绿灯还像从前一样，出奇地难等，以至于你可以看出来，等红绿灯的众多车辆当中，默默等待的一定是每天都经过这个路口的。他们习以为常，在等灯的时候，知道着急也没用，所以透过车窗透过防爆膜可以看到他们当中大部分人都拿着手机，这些人对于绿灯的判断基本上来自于后车用喇叭的提醒。还有少部分车是不熟悉这个路口的，或者是偶尔经过的，他们试图用并线的方式解决拥堵的现状，但事实上这种想法以及做法无济于事：首先并线不会成功，就算好不容易成功了，这个路口你还是过不去。

　　这时候大姐放下了手里一直握着的手机，我猜她是回完了相应的微信。然后她就开始捣鼓刚才拎着的塑料袋，拿出了一个白盒子，拆开盒子，我瞥见英文，写着

Body Lotion。反正这个时候也是红灯，我就用余光看着大姐。大姐盯着手中的身体乳一边愣神一边笑，笑得又傻又可爱，但是一点儿也不天真，仿佛这瓶身体乳是她多年以来的一个夙愿，终于在今天实现了。

然后她就拧开了瓶子，挤了一点儿，先涂在手上，然后把涂抹完身体乳的双手捧在嘴边捧在鼻端，深深地吸了一口气。我见此情景，就打开了虾米音乐的APP，换了一首歌，从 Keith Jarrett 的 *Where Can I Go Without You* 切到了羽·泉的《深呼吸》。

然后大姐享受完手中的香味儿之后，仿佛是对这种香味儿产生了自信，就好像这份自信她已经寻找了三四十年，终于在今天实现一样。于是，她从一个拘束的大姐变成了一个放荡的大姐。于是她又挤了一点儿——不对，应该说她又挤了一把，然后开始在身上涂抹。可惜大姐长得不够好看，身材也不够好，要不然我真的想开慢一点儿，或者是把后视镜的角度调整一下。哦对，忘了说那天大姐的穿着。那天虽然有雨，但是天儿也比较闷、比较热，大姐穿的是一个连衣裙，从领口往下掏着方便，从裙摆往上掏着更方便。

你可想而知，当时车里的味道。但是外面下着雨，我又没法开窗户，于是我就跟着羽·泉的《深呼吸》的旋律，屏住呼吸，尽量不让自己晕倒。但是大姐的样子十分泰然自若，而且十分享受，仿佛这种弥漫在整个空间的气息是她多年以来都想得到的，如今终于在我的车里实现了。

就在这时，她仿佛突然想起了什么，于是把鞋脱了，双脚架在了玻璃前面，又挤了一把。挤完之后，随即皱眉，很显然，她挤多了。然后她愁眉苦脸地看着多出来的身体乳，又看了看我，看了看身体乳，又看了看我，看了看身体乳，又看了看我……终于她忍不住了，管我叫了一句"大兄弟"。说实话，她的岁数明显比我大，所以叫我"大兄弟"的时候，我多少有点儿慌张，再加上我的车没贴膜，实在不知道大姐到底想干什么。

那一刻，我能感觉到，她脸正在往我这边凑，大概在能感受到她微弱鼻息的距离停住了。然后又把脸收了回去，跟我说了一句："我觉得你皮肤挺干的……"

我说："不是，我是油性皮肤。"

"油性皮肤更得抹油，以毒攻毒，涂油去油。"

说实话，那一刻我真的想弃车而逃。于是我左手扶着方向盘，右手接过来多余的身体乳，伴着羽·泉的《深呼吸》把油擦在了我的左臂，大姐见状直接就 high 了，然后又挤了一点儿身体乳，又叫了一句"大兄弟"，让我把左手也伸出来……就这样，我的右臂也涂满了大姐的身体乳。

这时候再大的雨也无法阻止我打开车窗的愿望，因为我猜我当时闻起来应该就像一杯放了 5 勺糖精的焦糖玛奇朵。

5 分钟之后，大姐下了车，我随即把车开到大悦城北门的一家洗车店，跟师傅嘱咐了一句：只洗内饰不洗外观。然后毫不犹豫地走进朝阳大悦城，在星巴克点了一杯我最不爱喝的焦糖玛奇朵。

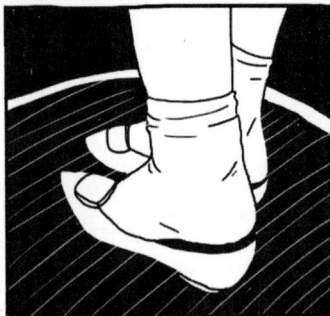

开车之前学撞车

156

　　我小时候看过一部 TVB 的电视剧，名字早就忘了，但记得是跟赌博有关的。有一个情节是这样的，一个赌场新锐，为了让自己赌场得意，于是拜师学艺，找到了一个退役赌王，想让他教自己赌博。三顾茅庐之后，退役赌王终于答应了，约定第二天早上 6 点，狮子山下见面。赌场新锐十分纳闷，为什么要早上 6 点起来上课？但是出于拜师学艺、寄人篱下的考虑，也没多问，第二天早上乖乖地出现在狮子山下，退役赌王也如期而至。但是那节课并不是教他怎么赌博，而是让他练习跑步。这时候赌场新锐再也忍不住了，但是态度还是谦虚的态度，小心谨慎地问师父，跑步和赌博有什么关系。退役赌王用力打了一下赌场新锐的后脑勺，说："赌场上没有绝对的输赢，万一你输光了所有钱，那不就得跑路吗？所以学赌博之前先学会跑路，学跑路之前先学跑步，以备不时之需。"

这段对白我印象深刻，在那以后的很多事上，我都遵循这个原则，就是凡事给自己留一点儿余地。

开车也是一样，开车的余地就是如何解决交通事故。说得直白一些，开车之前要先学会撞车。不是像警匪片里那样，把另一辆车挤到河里或者撞到桥下，而是要有一种随时应对交通事故的准备。或者说，当事故发生的时候，你要知道责任到底在哪一方。

有人可能觉得这是警察应该判断的事，有人可能觉得这件事很好判断，用不着去学。那么好，我就问一个简单的问题，如果你左侧有一辆大公共，进站的时候别了你一下，你为了躲过，就从右侧加速超车，结果刚想超过它的一刹那，却发现前面有一辆面包车开着门，你当时刹车已经来不及了,直接撞到了对方的门上,那么这起事故该由谁来负责。你?大公共?还是面包车?

这就是我开车之后遇到的第一起交通事故。那是我开车第三天的时候。

当时我的想法很简单,既然是我撞了对方,应该是我负全责。但是那是我遇到的第一起交通事故,并不知道如何处理,所以还是想给交警打电话,让专业人士来处理,但是对方一直要求私了。凭着经验判断,我觉得这件事没那么简单,于是更加坚定地拨通了122事故电话报警。

过了20分钟,警察来了。

我的车看上去没什么损伤,只是右侧有一大长条划痕,但是对方的车门已经掉了。所以,可能是出于对"受伤"一方的同情,警察先问了问对方是什么情况。对方说:"当时我正在卸货,然后听见啪的一声,门就掉了。"

然后警察又让我陈述了一遍事故经过,我说:"当时大公共别了我一下，我想躲开，并且想从右侧超过去，结果就撞到了他的门上，他车门就掉了。"

警察紧接着问面包车车主："为什么他会把你车门撞掉了呢？"

对方说："因为我当时车门开着呢。"

"那么好，你的全责。"如果我当时不在场，只是听事故现场录音，我真觉得这句话应该是对我说的。但是，这句话是对面包车车主说的。原因是所有因为开着车门引发的交通事故，都是开车门一方的全责。

我说："如果我是开车横穿马路的时候撞到他车门，是谁全责呢？"

警察说："还是他。就算你从天上掉下来，刚好砸到他开着的车门，也是他的全责。只要他开车门，并且你撞到了他的车门，就是他全责。"

所以自那之后，我就有了"心理阴影"，只要见到别的车开着车门，我就想往上撞。

当然,那天的事情还没有结束。当警察开完责任认定书,双方签完字正准备去定损的时候,警察拦住了面包车车主:"我还得罚你点儿钱。"

面包车主当时就惊了,张着大嘴,散着口臭,问为什么。

"拆座拉货。"警察就说了这四个字。

所以日后,我经常会观察路上跑着的面包车,大到金杯,小到昌河,看看他们是不是为了拉货,把座位拆了。但是我往往都看不出来,因为他们总是用颜色最深的防爆膜把玻璃贴得严严实实,你什么也看不见。

其实很多责任都是非常明确的,在交通责任认定书上都写得很清楚。除了开车门外,还有每个人都知道的追尾,但是有一个东西非常难判定,尤其是在你没有行车影像记录仪的时候,事故现场和追尾一模一样,那就是倒车。如果你偏巧赶上一个流氓司机,不承认倒车的时候撞到了你前保险杠,还会冤枉你追尾了他的车。面对这种情况，双方争执不下，处理交通事故的警察一般会这样说："这个路口没有摄像头，你们双方也争执不下，那就只能交给事故鉴定科去处理，把车在那里放 20 天，等待事故鉴定完毕之后再去取车。"

当然，谁也不愿意把车往事故鉴定科放 20 天，太耽误事儿了。所以一般情况下，会有一方认尿，然后用一句"反正走保险"来宽慰自己。

所以说，装一个行车影像记录仪还是有必要的。或者还可以利用头绳儿，把不用的手机捆在反光镜上，自制一个行车影像记录仪。当然，前提是这个不用的手机得有摄像头。

虽然说交警的职责之一，是负责裁定交通事故，但是在某些情况下，交警也没有权力去进行裁定，比如在停车场里发生的交通事故，以及在园区里发生的交通事故。

我就碰上过一次，在一个以摄影为主要招商目标的创业园区里面。这个院子的道路全是单行线，并且在路面上明显标明了顺行的方向。我在园区里办完事情，准备往外开的时候，发现一辆货车挡住了我的去路，而且按照园区单行线的标识来看，他当时是逆行。我和他错车的时候，车的左后方蹭到了他的车身。他的车没事儿，我的车有一道大口子。于是我跟货车司机理论，说他是逆行，货车司机装糊涂，说自己不懂什么叫逆行。后来警察来了，看了看地上的路标，跟货车司机讲这确实是逆行，正当我准备高兴地让他签事故协议书，并且要用眼神告诉他刚才的争论无济于事的时候，警察紧接着说了一句"但是"。

"但是，这个事故发生在园区里面，我们没有权力做处理，你们俩还是协商解决吧。如果货车司机不愿意承认自己的全责，我也没办法。交警能负责的地方只有标明路名的道路。"

然后货车司机得意扬扬地用那个本来应该属于我的眼神看了我一眼。最终，为了方便走保险，算作了我的全责。因为货车没受任何伤，所以不存在修车的问题，所以算双方各负一半责任的话，我的修车费保险公司只能报销一半。

END.

路怒症患者

　　每次我们听见别人在抱怨自己路上开车的傻逼经历时，总是会劝对方，算了，别跟他置气。然而，当事情发生在自己身上时，我们经常这样劝自己："真想暴揍你。"

　　6 年前，我刚开车的时候，是一个严重的路怒症患者。所有刚刚开车的人都有一个毛病，开车第一个月，会埋怨自己开车太面。等到第二个月过后，就开始冲着路上的各种车狂按喇叭，然后还把窗户摇下来，满怀深情地问对方："傻逼，做梦呢！"

　　因为路怒症，我进过 7 次派出所、3 次医院。当然，这些都不是我治好路怒症的根本原因，根本原因在于，有一次去机场接一个姑娘到后现代城，路上正好犯了病，一共骂了9次脏话，4次声音大，5次声音小，其中3次是摇下车窗骂的，另外6次在车里。然后，这个姑娘就不跟我好了。

OK，接下来，我就讲几个与我有关的路怒症的故事。

第一个发生在陶然亭公园门口，车上没有客人。我当时是要往旁边的一条胡同里右转，但是前面的人行横道上，停了一辆车，后备厢开着，旁边站着一男一女。女的抱着孩子，男的把婴儿车往后备厢拾掇。他们占用了整个人行横道。于是我就打着右转灯停下，安静地等着那哥们儿拾掇婴儿车，把车开走再说。

我当时的想法很简单，如果这时候按喇叭催他，挺不应该的。倒不是觉得没有礼貌，而是觉得这个喇叭像是对孩子按的。一个大人跟别人家孩子置气，挺缺的。

其实也没等多长时间，估计也就是 20 秒钟，那哥们儿就把后备厢关上了。这时候我刚好可以右转，于是我就右转，就在转弯的一刹那，一辆奥迪 A4 从我左侧的直行线上直接右转，我差一点儿就撞到他的车。然后我依然没有按喇叭，只是打开车门，朝着他车屁股踹了一脚，然后 A4 上的那人就下来了，他媳妇也跟着下来了，他们家孩子也跟着下来了。

我说："你干吗呢？"

他说："看你半天不走，我还以为你停这儿不走了呢，于是就从你旁边转弯，没想到你这时候又走了。"

我说："你没看见人行横道上有孩子啊？"

他说："我在你后面，当然看不到了。"

我说："你看不到不怪你，但是过人行横道的时候，你为什么速度那么快啊？你要撞上人家怎么办啊？"

这时候，没等他说话，刚才那个往后备厢放婴儿车的哥们儿在旁边说话了，对着那个 A4 的司机："兄弟，不是我说你，你刚才开得确实太快了。"

　　然后开 A4 那哥们儿不说话。但是就在这时候，不知道为什么，他们家孩子踹了我一脚。这孩子已经是高中生模样了。当然，我不可能踹他一脚，但我就这么看着他，就这么看着。可能是我面相比较凶残，再加上长得黑，再加上满头银发，他们家孩子明显被我看毛了。然后就用眼神向他妈求助，她妈这时候话锋一转，问我，为什么冲他们家孩子发火。

　　我说："我真心没有，我只是在这里好好站着，他却踹我一脚，弄得我很不明白你们家孩子为什么要踹我。然后我就看他，他就慌了，我一句话都没说，我只是看了看他。"

　　当然，后面的故事我就不想讲了。我不想说熊孩子的家长就是这个社会的熊孩子，我只是觉得，所有因为路怒症产生的争吵，最终都是一个结果，就是觉得对方傻逼，自己更傻逼，为什么要跟傻逼耽误那么多时间。

当然，有一种路怒症是我一直坚持的，就是行人在人行横道过马路的问题。

我曾经三次因为这样的事情进过派出所。每次从派出所出来时，我都发誓自己必须组建一个黑社会，专门治理这些见到人行横道上的行人就按喇叭告诉他们车来了的司机。问问他们哪只手按的喇叭，把手筋挑断，然后再把踩油门的右脚脚筋挑断，让他永远踩不了油门。

这种路怒症一般是这样发生的，我见到前方人行横道上有人要过马路，然后慢慢踩住刹车，把车停下。有些行人会明白这是怎么回事儿，主动过马路；有些行人明显是受宠若惊，不知道怎么回事儿，于是我隔着玻璃，向对方伸出单手，四指并拢，示意礼让的时候，对方才明白，原来自己不是在做梦，在北京也能有在欧洲才能享受到的待遇。与此同时，他会冲我伸手表示谢意。

本来是一个和谐的景象，偏巧就在这时，后面一辆车猛按喇叭。通常情况下，按喇叭的车一共有四种，别克 GL8 商务舱、黑色奥迪 A6、红色马 6，还有就是出租车。

有时候我会深吸一口气，然后继续往前走，也有时候，我会下车，问问他是怎么想的。

还有一次，发生在朝阳门的银河 SOHO 门口。我把车停在路边，准备去 Modernsky Lab 看演出，然后走人行横道过马路的时候，突然闯出了一辆别克，见到人行横道，没有一点儿减速的意思。我也不想躲他，因为我在人行横道上，路权在我身上，当然应该他让我。所以我继续往前走，就在他要撞到我的时候，他急刹车停下了，我的下意识反应，就是踹了他车一脚，因为我觉得他不应该这样开车，太没礼貌了，而且我觉得这样的人就不应该开车，一点儿教养没有。

当然，我有分寸，那脚踹得很轻，只是在车侧叶子板上留下一个脚印而已，或者说，只是留下了一点儿灰尘而已。

然后那人下车了，抓着我脖子就要打我。因为我从小就打架，所以对于打架这件事上的民事判罚非常清楚，所以把手背到身后，任由他怎么打都行。这时候，他好像也意识到了什么，觉得我可能有经验。于是他做出了一个到现在都让我觉得莫名其妙的举动，就是自己狠狠踹了自己车一脚，叶子板上瞬间出现一个大坑。

后来就到了附近的派出所，他提出的要求是让我向他道歉，因为我踹了他的车。警察问我行不行，我说没问题。然后我提出的要求也是让他道歉，因为行至人行横道的时候没有减速，没有礼让行人，还冲我按喇叭。

但是我万万没有想到，管片儿警察当中有一个告诉我，人家不可能自己踹自己的车，让我赔他车。当然，踹自己车的那个人也不会承认自己踹了自己车一脚。面对这样的人,我只有一个办法:当时认栽。

是不是日本车就意味着悲惨下场——

　　自从开出租之后，我就开始关心所有与车有关的事情，尤其是车祸。有一天，我没出门，在家看书，突然电话响了，这在微信的时代已经不多见了。有朋友打来电话跟我说，赶紧看看朋友圈，国贸桥出事儿了。

　　我一看，果然，有一辆车在国贸桥上冲下护栏，重重掉在了地上，还砸到了旁边一辆车。这件事让我想起几年前，我还住在潘家园的时候，有一天晚上开车出来吃夜宵，快走到国贸桥出口的位置时，突然看见前方不远处，一辆商务车开向护栏，然后冲破护栏，然后栽入桥下。然后路上所有车都开始急刹车，国贸桥上面立即变成了免费停车场，所有人都从车里走出来，趴到护栏边上往下张望。

　　因为我当时特别饿，所以绕着这些人开了过去，径直开向饭馆。但是隔了几天，在北京电视台一档专门报道车祸的节目里面得知，车上7人当场毙命，每个人的酒精含量检测，都超过了100。换句话说，车上都是醉汉，无论谁开，都是醉酒驾车。

　　这次掉下去的是一辆 Range Rover，国内俗称揽胜，是路虎的高端舒适版。或者说，是路虎和罗孚"杂交"出来的一款车，有路虎的越野性能，同时还具备罗孚的舒适。虽然我没看清具体是揽胜的哪一款，但是我知道这辆车很贵，大概 200 万。因为我朋友前几天刚刚开迈腾不小心蹭到了一辆揽胜的 Vogue，一块儿钣金喷漆，花了1万5千块，他提前帮我普及了这辆车的价格。

　　我不关心这辆车是怎么冲出护栏的，因为只有一种可能，就是走神儿了。当然，走神儿分几种，一种是喝多了，一种是睡着了，还有一种是边开车边看不该看的视频，看得入迷了。

我比较关心这辆车上人员伤亡情况。后来第二天中午，我发了一条朋友圈，询问这件事。一个哥们儿马上回了两个字——轻伤。我当时就感叹，200万没白花。

当然，还有一些人是在关心那辆被砸的车。从当时现场的照片来看，司机没事儿，因为有一张照片正好拍到了司机开门往外走的瞬间。被砸的那辆车是起亚，我当时就在想，如果起亚是一辆出租车的话，那么后排的乘客是不是就挂了。但是后来也得知，后排没有人，换句话说，如果起亚是一辆出租车的话，那么他当时可能正在去往乘客的上车地点。

与此同时，我还设想了一下乘客这时候接到司机电话的画面。电话响了，乘客以为司机到了，问师傅您具体到哪儿了，司机说我到不了了。乘客诧异，问，您什么意思？司机说，你刷一下朋友圈，看看国贸桥刚刚发生了什么……

　　我不知道 200 万的车在这时候表现的是不是真的就比一辆商务舱结实，但有一点是可以确定的，这种有越野性能的车，往往比不具备这些性能的车要结实。因为这类车在最初设计的时候，都考虑到了军用的需求。

　　就拿奔驰的 G 系列举例，也是 200 多万的车，但是每个坐过这车的人，尤其是坐这辆车真正走过山路的人，都有一个统一的意见，就是再也不坐这车翻山越岭了，因为腰受不了。

　　的确，奔驰 G 的越野性能和涉水性能都特别好，但是从舒适度上来讲，基本上没有。据说这车当时就是给德国军队设计的，但是造出来之后，德国军方觉得造价太贵，结果不要了。

　　另外，我又想到了有一段时间，各种 BBS 疯传的一类帖子，就是以汽车碰撞结果作为证据的反日帖。通常这种帖子的标题是这样的，《千万别买日本车，否则这就是你的下场》，让你看了不寒而栗。这种所谓的"有图有真相"确实在某些年代蒙蔽了很多人，让人们误以为日本车真的不结实。

其实仔细想想，你就知道这类帖子的制作方式，就是在网上找来一大堆车被撞报废的照片，然后从中筛选出来一些日本车的报废照片，把这些东西聚集到一起。

这类帖子疯传之后，马路上也经常会碰到这样的闲人，在看到两辆车撞了之后，在发现其中有一辆是日本车之后，在发现日本车受伤程度比另外一辆车严重之后，就在众多围观群众当中充当了1分钟的KOL（关键意见领袖），说："你看看，网上那么多实例都说了，这哥们儿还买日本车，这幸亏是在城里，万一是高速，这兄弟的命……估计就……"

关于这类帖子，和这类帖子引发的后续事件，我都称其为阴谋论。我不知道这是不是另外一些国家的品牌恶意中伤竞争对手，但是最终的结果，的确让某些人在买车时多了一个前提——不考虑日本车。

这些人当中的一部分，去选择了德国车，或者说，直接选择的就是大众。但是他们选择的并不是真正意义上的德国车，而是中德合资车。

接下来我就讲几个故事，说说中德合资车是怎么证明自己的结实程度的。

我的一个朋友，很亲近的一个朋友，每周都见面的一个朋友，开的是一辆高尔夫 1.4T 双离合那款。有一天去咖啡馆谈事儿，准备把车停在马路牙子上面的咖啡馆专用停车位。但是他不知道马路牙子上有一个 50 厘米高的桩子，就是那种黑黄相间防止别人乱停车的桩子。虽然马路牙子上面可以停车，但是咖啡馆为了防止非本店消费人群乱停车，特意放了那么一个东西。如果你要是咖啡馆消费顾客，事先要和看车的大爷打招呼，大爷会用一个六角扳子把桩子打开挪走。

关于这一切，朋友都是事后才知道的，所以在事前，他就径直往马路牙子上开，结果就撞上了桩子。当时他觉得速度不快，不会有什么事儿。结果下车一看，果然保险杠没什么事儿，没掉也没裂，但是这辆车就像尿裤子一样，地下全是水。

水箱漏了，车也没法开了。他打电话叫救援，把车送到了修理厂。他本来以为只是水箱的问题，能修就修，大不了换一个水箱。结果第二天4S店打来电话，说这车设计得比较紧密，所以坏的不仅仅是前保险杠和水箱，还有变速箱的一部分。反正最后修完之后，他拿到了一张3万元的修车发票。

还有另外一个朋友，是个摄影师，专拍美食。他从原来公司出来之后，自己做工作室，挣了一些钱，把过去那辆富康换成了后来的速腾。有一次走在平安大道上，他接到一个短信，是个急茬儿，就一边开车一边回，结果车就撞到了路中央的隔离带——大概"扫"了100多米的隔离带。虽然车的前机器盖子掀起来了，但是从隔离带硬度和车身硬度去判断，这也不是什么大事故。后来他赔了护栏，去 4S 店修车，结果定损的时候，发现这辆车的维修费用估计是 7 万元，而这辆车的裸车价格是 11 万左右。

还是那句话，我并不是想黑任何一个品牌，我只是想说，不同的车有不同的设计理念，你之所以觉得日本车保险杠没有德国车皮实，是因为设计理念不同。日本车设计的时候，考虑到了保护行人的因素，所以保险杠比较软，两辆车用同样的速度去撞同一个人（这人真惨），被日本车撞了之后，受伤没有那么严重。

另外，关于皮实不皮实的问题，也不是保险杠决定的，而是车的钢架决定的。钢架好坏，和车辆制造的年代有关。一辆八十年代生产的车和一辆 2015 年生产的车，以同样的速度头对头碰撞，肯定是八十年代的车受损比较严重。因为科技在进步，汽车在制造的时候，考虑了更多"人"的因素，除了碰撞的可能性外，还有舒适程度，等等。

你可能还记得1990年前后北京路上跑着的皇冠出租车，那辆车在当时价值30万，但是要论舒适程度，它可能真的不如一辆现在售价10万元的比亚迪。

还是那句话，科技在进步，对于急于享受科技的人来说，势必会花更多的钱，就像现在有人抱怨纯电动车太贵，也许再过5年，它的价格就会从30万变成15万，充电桩的问题也会随之解决。但到那时，电动车牌照摇上号的几率，也不会像现在这么高。

外围总比明星好

"当个外围总比明星好。"

当她跟我说这句话的时候，我多少有点儿震惊。那是她第二次叫我车，临下车时对我说的话。我最怕别人临告别的时候说出一句饱含哲理的话，一般碰上这种人和这种话，我总能琢磨一天。所以她下车之后，我索性就把车停在现代城SOHO那个根本找不到停车位的地下车库，等了10分钟的电梯，好不容易从负三层来到了正一层，找了一家咖啡馆坐下来。

接下来的事情并不言情。

我贱了吧唧地给她发了一个微信，说你练完瑜伽之后要是有时间，可以到楼下的ZOO咖啡找我，你临走时撂下的那句话太狠，狠过所有小流氓在十几年前跟我说过的"放学你等着"。

当然，她没有回，因为她在练瑜伽嘛。

我当时计划等她3个小时。虽然我没有练过瑜伽，不知道一堂瑜伽课需要多长时间，但是从一个人类的正常思维去思忖瑜伽这件事，我觉得再怎么练也超不过3个小时，要不然筋该抻断了。

等她的时候，我喝了3杯美式，其间去外面抽了5根烟。当中没干别的，一直在琢磨她的这句话。以至于我还从报架上拿起了两本过期的 *Vogue* 和 *ELLE*。它们的封面都是女明星，我想看看里面对女明星的采访，试图得到答案，到底女明星惨在哪儿，到底哪儿不如外围。

杂志没看完，她就出现了，我看了一眼手机，她大概练了一个半小时。哦对，这时候你可能会问，为什么我有她微信？因为她第一次坐我车的时候问我，师傅您平时除了开这个还干别的吗？我说你加我微信吧，有兴趣的话看看朋友圈，你基本上就知道一个大概了。所以第二次约我车的时候，她先是用微信问的我，然后我去她所在的小区接她，先上车，然后再办的手续。

这就是丰田86的好处，开这种车拉活儿，谁都觉得你另有故事，谁都不会觉得你只是一个专职司机而已。基本上坐我车的客人，我后来都和他们加了微信。通常乘客会先开口，问我是不是还干别的。偶尔也会遇上不开口的，但是我会主动问对方为什么选择我这辆车，然后再给对方讲一个我被长安奔奔PK掉的故事。最后遇到那种极为不爱说话，只告诉我因为我距离他最近，所以选择了我车的乘客，我就告诉他现在放的歌是Keith Jarrett在Blue Note时期的录音作品，只不过这个版本不是Blue Note，而是来自慕尼黑的厂牌ECM。通常说到这时候，再沉得住气的人也会对你产生好奇，然后说我和其他司机不一样，问我是不是还干别的。所以对于还在苦于不知道怎么泡妞和搭讪的人，王师傅温馨

192

提示：最好的泡妞神器不是陌陌和探探，也不是请吃饭，而是通过一件意料之外的小事，让人对你产生好奇。

扯远了，再说回那个姑娘。她住的地方我必须说一下。这是在高碑店地铁站后面的一个看上去有点儿高档的住宅，但是它周围全是城市中的农村。我不知道这里面盘踞着什么人，但估计是那一带卖凉皮冷面烤鸡烤面筋的大叔大婶，因为这样的村子里总是有那么几辆改装车，改装之前是平板三轮儿，改装之后就加高了许多，变成一个有玻璃罩子的平板三轮儿，上面用红色油漆写着"凉皮冷面烤鸡烤面筋"。

北京就是这么奇怪的一个城市，尤其是在四环之外。经常是某个地方矗立着一个均价4万一平方米的高档住宅区，里面种上了根本养不活的棕榈树，然后旁边就是铁道，高铁驶过轰隆巨响。住宅区的外墙，就是一间间的平房，那里只租不售，不需要通过中介，就可以直接联系房东。房租极为便宜，通常是1000元一个月。当然，

40 平方米以上的大户型基本没有。所以我觉得北京的房地产未来绝对出事儿，因为决定价位的不是地段，而是你的住房公积金。

翻回来，再接着说她跟我聊的人生。我本来是想请她喝杯咖啡，假装仗义制造一下浪漫，让这个尴尬的话题缓和一下。但她说咱们还是路上说吧，你先送我回家，一会儿我男朋友来我家找我。我们本来想坐电梯下去，但不知道那天电梯怎么了，等了半天都不下来，好不容易来了一个，里面有猫有狗有小孩，又挤又乱，她说再等一个。然后我怕她男朋友着急（你信吗？），问她介不介意走楼梯，车在 B3，停的都是瘪三。她听到 B3 的时候，微表情皱了皱眉头，听到瘪三之后，收起了微表情，直接乐了，用表情告诉我可以凑合。

通常一男一女，顺着没有摄像头的楼道走了三层的时候，就应该发生点儿什么了。但是没有，一方面我觉得这事儿不合适，刚第二次见面，显得有点儿着急，再有就是我怕她因此投诉我，给我打差评。

又扯远了，本来我是想说她姿色的。她长得确实不错，演一个二线导演的配角完全没问题，而且是纯真无邪的那种。换句话说，如果她再拍一版《山楂树之恋》，绝对比周冬雨那版票房高。

当然，看到这里你可能想问我她的名字，然后上时光网或者什么都不知道的百度知道查查这个名字，看看她拍过什么"外围青春裸背片"。不好意思，我不能告诉你，因为我不看电视剧和网络自制剧，所以我也不知道。有些事我们的确需要知道，但是往往你不能知道太多。

在车上，我又把微信里给她发的文字口述了一遍，然后她直言不讳，说自己想过当明星，后来因为自己不爱喝酒，没法在成名之前跟着色逼制片混工体西路，然后就觉得这事儿不适合自己。她又说，明星和外围唯一的区别就是明星更有钱，经常在电视上露脸，但是与此同时失去了很多自由的空间。她还说自己更喜欢旅游，去土耳其坐个热气球，去菲律宾潜个水，觉得这样活得挺自在。有一个做金融的固定男朋友，能给她日常所需，男朋友因为经常出差，所以自己的空间也大，经常和姐妹们一起出去吃饭。饭局上自然有其他男的，不是个个都猥琐，也有魅力十足能吸引自己的，这样的人不止一个，还都特舍得花钱，虽然她从来不把自己当外围，但是姐妹当中的确有演艺圈的人，这些男的自然也会把演艺圈朋友带来的朋友当作演艺圈的人。男人很单纯，不关心她们的作品，只在乎和她们相处。但是男女在一起，难免闹矛盾，尤其是已经有了感情基础之后，而男的往往在觉得即将失去的时候会表现出和平时截然相反的一面，于是说狠话，于是破口大骂，"臭外围"是一个经常出现的词汇，久而久之，她才明白，原来自己以为这东西叫外遇，但是在别人看来，这就叫外围。

按理说写到这里就该结束了，但是最后咱们还是可以升华一下，再来说说明星的心理成因。其实有些人之所以当明星，都是因为过去受过伤害，觉得自己不够被重视，说话不够有分量，遇到过不公平的待遇，而且最后只能接受这种待遇，没办法给自己维权。可是一旦成为明星，一切就不一样了，在微博说一个餐厅好吃，可能没人搭理，觉得你是拿了宣传费帮人吹牛逼，但要是吐槽一家餐厅，那这家餐厅距离倒闭可能就不远了。

　　所以，如果你是记者，下次在遇到明星的时候，千万别问是哪部作品让你决心要当一个演员或者歌手。这问题特傻，基本上是留给明星秀逼格用的。直接问，有没有一件非正义的事让你觉得当时的自己过于渺小，于是决心当一个明星，用相对有分量的话语权，让这个世界变得更美好。虽然你只是想淘出一段卑微的八卦，但是一定要把动机描绘成崇高与伟大。

奇葩司机

　　我除了当司机拉别人，偶尔也会当一次别人，被司机拉。

　　这要说到我的一次杭州之行，当时和做媒体时认识的一位老师一起，回来的时候，邀请方出于礼貌，在携程上给我的老师订了一辆车。因为我和老师顺路，所以能蹭车回家。

　　按照电话里约定的地点，司机把车开到了 8 号门，司机一见我们，就一脸不耐烦，见我老师带着一个行李箱，就用谴责的语气跟我老师说："你不是说你没有行李吗？"

　　我老师好脾气，没急，用平稳的语气说："这是随身行李啊。"

在这两句话之间短短的两秒空隙当中，我真的想了许多。

既然你是出租车司机，你的后备厢又是空的，你没有必要考虑客人带不带行李吧？除非是你的后备厢里藏着不可告人的秘密，比如有具尸体。

况且这并不是什么大行李，只是一个标准尺寸的登机箱，而且老师属于雷厉风行人士，能不托运尽量不托运，这样快。所以登机箱无论走到哪里，都是随身携带，放在行李架上面。到了法国是这样，到了澳洲依然如此。

思考完这些之后，我们上了车。

我和老师都坐在后排，为了方便说话。

司机问："是不是晚点了啊？"

我老师说："是。"

这时候我才意识到，为什么司机谴责我老师竟然有行李。因为他是按照原定航班到达时间来的机场，而不是按照实际时间来的机场。这说明一个问题，这个人可能更适合去当一个黑车司机，而不是一个出租车司机。

出租车司机首先具备的一个素质，就是使用手机互联网的相关应用，来把握整个行程。

一个能显示堵车路段的 GPS 地图是首要的。

一个能查询航班到港情况的应用是必要的。

如果这个司机有关于飞机晚点的任何疑问，证明他不会使用非常准、航旅纵横这类 APP。

难道他在培训的时候没有学到这件事？如果真的是那样，这是出租车公司一个巨大的失误。

也许你觉得这句话太挑剔。但是，没有挑剔，就没有进步。

妨碍人类发展大势所趋的事情，咱们不能做。

我一直觉得出租车司机应该有一个服务标准，这个服务标准也是上岗的标准，超出标准的部分叫作优秀服务，会往被乘客收藏的方向发展；不足标准的服务，叫不舒服的服务，会往被投诉的方向发展。然而，这位司机师傅开创了一个新流派，他也超越了标准的部分，只不过是往欠抽的方向发展。

因为他没有航班查询的相关应用，所以他刚才经历了这样一段思维时光：飞机明明说好了 12:30 落地，但我老师在骗他，说好了不取托运行李，但最后还是取了托运行李，要不然不会一个小时之后才出来。

但事实上，飞机晚点了 40 分钟，所以才会这样。

紧接着，我老师跟他说目的地，先把我送到东四环，再把老师送到城中心。哦对了，首都机场是在北京东北六环附近，所以这三个地点的大概对应方向你应该明白了吧。这个一会儿用得上哟。

司机特别生硬地回答了一句"那不行"。就像是小时候你和爸爸逛商场闹着要玩具之后，爸爸说的一句"那不行"，只不过这里面没有爱。

我当时心底就涌起了一股骂人的话。

但是我没言语，因为我看老师没有急，我也不能急，乱了辈分可不好。老师不解地问："为什么啊？"

司机说："你一开始跟我说的去哪儿，就必须得去哪儿。不能改。"语气当中有一种我们死到临头的感觉。

所以，人都是逼出来的。

我老师也按捺不住了。

操着北京老炮儿特有的京腔说："哎哟，兄弟，怎么个意思啊？"

然后刚才还牛逼哄哄的司机一听这句京腔比他的正宗，稍微有点儿尿了，马上就学会客客气气了，说："不是那意思，哥们儿，因为你一开始定的就是到城中心，我要是中间给您拉到别的地方，携程不给我结账。"

虽然我还是想抽他，但是我因为看过《自控力》，所以还是竭尽全力去理解他的话。

我怕老师为难，跟老师说："要不然，您就让师傅把我放到机场高速进城出口的位置，我下来再打一辆车。"

老师一边跟我说"别别别",一边问司机有什么解决办法。

司机说："我没办法，必须你给携程客服打电话。更改行程，要不然我就只能按照原定计划走。"

嗯，他还是欠抽。

然后我老师就给携程客服打了电话，携程客服的人工服务很难找，打第二次的时候才找到。

这期间大约过了5分钟。司机早已发动车，开始按照原定计划走。换句话说，他只是告诉了我们如何改路线，但心里根本没想给我们改路线。因为从机场到东四环和城中心是两条不同的高速。当老师打通电话，搞定了路线更改的问题之后，车已经朝着通往城中心的那条高速开去。

这时候我终于按捺不住了，说："师傅，刚才不是说咱们要改路线嘛。但您为什么还是往城中心开啊？"

司机说："先送他到城中心吧，再送你到东四环。"

我说："那多绕啊！"

司机说："不绕。"

我说："肯定绕。"

司机说："肯定不饶。我这么大岁数了，不比你清楚？"

年龄和认知好像没有什么关系吧，谁跟你说岁数大就一定懂得多了。

正当我想冲他骂脏话，我老师插话了："师傅，您住哪儿啊？"

司机说："我住在东四环再往东。"

老师和我对视，顿时我们什么都明白了。老师为人慈悲，说："司机师傅，那就按您说的这么走吧。"

一路上，司机说了许多不好听的话，就是那种明明他知道不好听，但依然要说的话。

为什么我这么肯定他知道自己说的话不好听呢？因为在他说这类话之前，总是要加一句："说句不好听的……"

这些不好听的话主要包含以下几个方面：

1. 我就是今天拉着玩玩儿——但是他明显很在乎钱；

2. 白天没法拉，还不够油钱呢——很显然他是一个"开起来主义者"，讨厌堵车，一堵车就烦；

3. 北京我哪儿都熟，再偏的路我都知道——结果他就走错了；

4. 交通规则我不懂，因为他们村里没有那么多指示牌——对于禁止掉头标识下面标注的时间完全没概念。

我最后想说的是，这位司机后来也接受了相应的惩罚。因为我回到家，收到老师这样一条微信，微信这样写道：

"咱们一上车，他就担心自己拿不到钱，让我们给客服打电话，改行程，说这样才能拿到钱。虽然态度恶劣，但是道理没错。但我给客服打电话时，是说先到东四环，再到市中心。这孙子为了顺路回家，先到了市中心，再去的东四环。所以他还是没按计划线路走，还是拿不到钱。"